# Famille heureuse

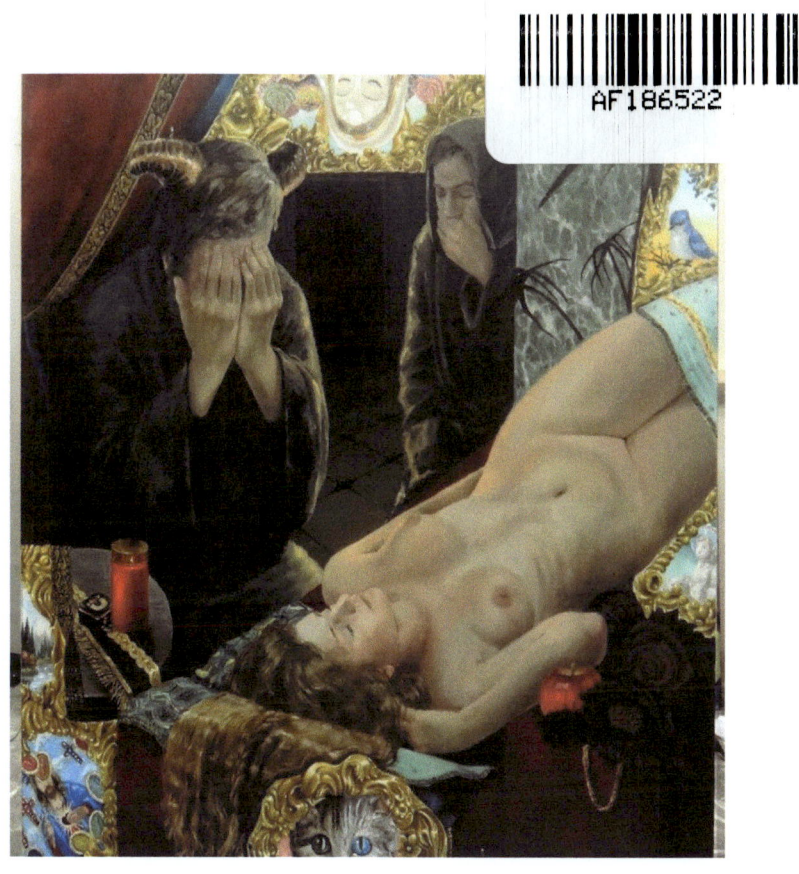

## Claudia J. Schulze

Alle Familienmitglieder sind frei erfunden, was durch den Titel
schon ausreichend nahegelegt sein dürfte.

Herstellung und Verlag: BoD - Books on Demand, Norderstedt

Lektorat: Matthias Ziebarth, Frankfurt a. Main

Bilder: Klára Sedlo, Prag, Bild „Brain Terror" Claudia J. Schulze

ISBN: 9783750471634

# INHALT

# WOLKENKIND

Flockengitter, Nebeltränen und der Tod von

Weißen Schwänen,

Die so von der Lieb 'umnachtet,

Dass Gefahr ganz unbeachtet.

Kam nah zu der Nächten Zeit,

Kam als schöne, Weiße Maid, die,

Zumindest tat sie´ s wähnen,

Abgekürzt hat deren Leid.

Leid, das durch die Lieb 'entstand,

Beenden kann nur Menschen Hand.

Im Sommer wenn die Spinnen fliegen

Und die Wolken Kinder kriegen,

Ab und zu nur, denn den Leibern

Mancher Wolken - Ach ja! Weibern-

Will man gar zu gern entflieh´n.

Männer sieht man daher kaum,

Entzieh´n sich meist dem Wolkentraum.

Flockengitter, Nebeltränen und der

Tod von Weißen Schwänen

Zieh'n dahin mit Sturm und Wind-

Vorbei ist's mit dem Wolkenkind.

Das kommt, wenn's kommt,

Meist ungelegen,

Denn die Wolken bringen Regen.

Gelegentlich auch in der Nacht,

Nicht jeder ist hierfür gemacht.

Schon gar nicht wenn man nicht gewollt,

Dem Leben sei der Tod gezollt.


Gelegentlich auch in der Nacht

Kam als schöne, Weiße Maid,

Flattern taten Haar und Kleid.

Kam ganz leise in der Nacht,

Und bei Sturm und Blitzeschlagen

Hat's Wolkenkind sich umgebracht.


Goß' sich auf den Schwänen aus,

Alles dann von sich gegeben-

Und am End' der Gar ihm aus,

Doch die Schwäne war'n-*am Leben!*

# AUTORENNEN

Meine Familie hasst mich. Der Grund ist, dass jemand behauptet hat ich würde sie hassen.

Das habe ich nicht getan. Nicht einmal im Ansatz. Es ist frei erfunden. Doch wenn man etwas glaubt, wie will man ihn dann vom Gegenteil überzeugen?

Nun hassen sie mich, weil man ihnen erzählt hat, ich würde einen von ihnen hassen. Vielleicht hasst derjenige ja sich selbst und schiebt es nun mir in die Schuhe. Ändern kann ich es nicht.

Im Grunde ist das wie bei einem Hexenprozess. Wenn man etwas sagt, ist es falsch, wenn man nichts sagt, ist es ebenfalls falsch.

Man kann nichts tun.

Der Vorteil indes ist, dass die Familie noch nie so sehr zusammengehalten hat wie jetzt.

Sogar der eifrige Diener gehört dazu, was ihn rührt.

Zuvor hatte er keine Familie. Nun darf er nur nicht den Fehler machen jemanden aus dieser Familie auf die Idee zu bringen er würde ihn hassen.

Andererseits kann er diesen Fehler gar nicht machen.

Er wird ihm, wenn es passend erscheint, ganz einfach unterstellt werden. Das ist wesentlich ökonomischer.

Noch ist es jedoch nicht so weit. Noch braucht man

den Diener. Ich weiß das, da man mich auch einmal gebraucht hat. Der Diener ist darüber gerührt, so wie auch ich es lange war. Man möchte ja dazugehören. Irgendwo dazugehören. Die Familie möchte das auch. Und jetzt gehören sie zu sich- mehr denn je, fester als es bei keiner anderen Familie im Umkreis zu beobachten ist. Hass kittet am stärksten. Doch was rede ich? Ich muss sehen was sich da nun abspielt. *Ein Bild für Götter* würde man sagen, wenn man in Phrasen spräche. Doch welche Götter sollten das sein?

Darüber nachzudenken bereitet mir Kopfschmerzen.

Wie eine gut choreographierte, gereizt-aufgeheizte Fußballmannschaft treten sie gegen mich an.

Komischerweise in Autos. Vielleicht, weil sie einem eine zweite Haut bieten. Wie eine Rüstung. Das weiß ich aber natürlich nicht genau. Auch der Diener der Familie ist mit dabei. Er hat einen Dienstwagen.

Mein Bruder gibt jeweils das Kommando. Im Haus hat er zuvor alle Steckdosen dick zugemörtelt, damit ich im Haus keinen Strom haben soll. Die Fensterbretter hat er herausgebrochen, damit nur keine Pflanzen darauf stehen können. Die Familienmitglieder und der Diener, der ja jetzt auch zur Familie gehört, zumindest so lange, bis ihm jemand, kaum hat er sich versehen, unterstellt zu hassen, schwärmen allesamt rasch aus und kehren nach einer Weile vereint zurück.

Wahrscheinlich soll das eine Art motorisierte Drohgebärde sein, ebenso skurril wie die plötzliche und unverrückbare Behauptung ich würde jemanden aus der Familie, und damit die ganze Familie, hassen. Hass ist, das weiß doch jeder, generell und überhaupt eine überaus jämmerliche Zeitverschwendung. Das Ziel erreicht man damit nie. Hass ist Verschwendung. So wie die da alle das Benzin verschwenden und doch nie ankommen. „Was jetzt?", denke ich. Und ich frage mich, ob der Hass vielleicht eine Aufgabe ist.

Etwas, das die Leere im Leben erträglicher macht. Wahrscheinlich schon. Sonst hätte man ihn doch wohl nicht erfunden. So viel wie er anrichtet.

Doch die Leere allein- wer würde sie bloß aushalten mögen? Aushalten können?

Es geht wieder los. Die Stimme meines Bruders laut und herrisch wie die von Freisler. Eine Stimme, die schon weiß was sie glauben wird, bevor der Andere sprechen durfte. Angst will er verbreiten, weil er nicht Recht hat. So ist das immer. Doch selbst das Recht haben ist letzlich auch nur wieder etwas, mit dem wir unsere Leere füllen, so ganz streng philosophisch betrachtet. Sein Diener rennt derweil immerzu. Rennt jetzt zum weißen Dienstwagen und rast los als gälte es einem Gegner zuvor zu kommen. Die Drohne meines Neffen kreist sirrend über dem Haus. Er hört nicht auf seinen Vater, die Drohne lenkt ihn ab. Doch seine Schwester hört den Freisler-Schrei, rast entsetzt mit ihrem jungen Freund auf einem Quad davon. Er gibt mehrfach Gas als heulte er selbst auf, sie schlägt ihn von hinten wie einen Gaul, damit er sich, *um Gottes Willen*, beeilt. Mein Bruder folgt in seinem Porsche. Einige Male tritt er heftig aufs Gas. Es klingt furchtbar, wie ein sich immer wiederholender, lauter werdender Hilfeschrei. Dann hebt er wie ein Ungeheuer um die Kurve ab. Fast fliegt er. Tempolimits sind ihm egal. Kollateralschäden im Kampf gegen die Leere werden billigend, gern sogar, in Kauf genommen.

Nun folgt die Schwägerin im größten Kastenwagen. Er steht direkt vor der Einfahrt. Auch sie ist gerannt, um das rettende Blech zeitnah zu erreichen, die Eisentreppe herunter. Es wummerte drohend und dumpf durch die gesamte Straße wie ein böses Versprechen.

Ihr Kopf ist rot. Da sie sehr klein ist, muss sie sich wacker mühen, um schnell in den hohen Wagen zu springen. Schweißflecken hindern sie nicht.

Auf dem schwarz-braunen, stabilen Kastenwagen steht in ganz feinen, silbernen Lettern, dass er nur für sehr wichtige Personen gemacht wurde, und dass daher eben auch nur besonders wichtige Personen mit ihm fahren dürfen. Das Auto- Radio ist schon angestellt, bevor sie außer sich vor unkontrollierten Emotionen losfährt. Monotone, gleichmäßige, laute Klänge. Fast noch schlimmer als der Säbeltanz, der sich mir bei diesen Bildern aufdrängt. Immerzu denke ich, dass es irgendwo brennt. Jetzt ist nur noch mein Neffe übrig. Er ist zurückgefallen. Alle sind fort. Panik ergreift ihn. Das erkenne ich an seinem dünnen Nacken, der sich dann geradezu zusammenzuziehen scheint. Nur in der Gruppe ist er stark. Die Drohne lässt er achtlos zurück. Sie schwirrt und sirrt weiter und scheint sich nicht viel daraus zu machen.

Fast höre ich die Gedanken meines Neffen: Das Quad ist weg, ebenso der schwarz-braune Kasten- Wagen mit dem VIP-Aufdruck, das weiße Dienstfahrzeug des Dieners und der verzweifelt nach irgend einer Anerkennung röhrende Porsche. Übrig sind nun nur noch seine beiden Wagen.

Die polierte, große schwedische Familienkutsche in Ultramarin, sein edler Zweitwagen, und dann noch sein ursprüngliches Auto, klein, ein grauer Flitzer mit etwas billig wirkenden Aufklebern drauf, aber er mag es lieber als die Kutsche. Mein Neffe kann sich nicht entscheiden. Ihm wird heiß. Das sehe ich an seinen Ohren. Welches soll er nehmen? Sie sind ja alle längst auf und davon. Es muss jetzt wirklich schnell gehen.

Er lässt die Automatik-Schlüssel entscheiden. Welches Auto schneller aufgeht macht das Rennen. Sein Arm scheint zu wachsen, zu den Autos hin. Seine dürren Finger drücken wild auf den automatischen Öffner. Doch keines lässt sich öffnen. Ein Bus fährt auf ihn zu. Eine Fahrkarte hat er nicht. So etwas hatte er noch nie. Da weiß er, dass er sie alle einholen wird, wenn er sich einfach nur vor den Bus legt. „Gutes Profil", denkt er wohl noch. „Bei diesen Bussen geben die sich mit den Profilen einfach mal so richtig viel Mühe."

Zumindest glaube ich, dass er das oder etwas ganz Ähnliches gedacht haben muss. Vermutlich fallen einem gerade solche Details ein, wenn man gerade im Begriff ist von einem Bus überrollt zu werden.

Nun sieht man nur noch seinen Arm, verdreht unter dem Bus hervor und eine rote, sich schnell aus-breitende Lache. Der Busfahrer steigt aus.

„Verdammter Job", brüllt er zornig. Jetzt öffnet sich

die Tür des kleinen Flitzers automatisch. Der Busfahrer setzt sich hinein und fährt einfach weg. Die
Insassen steigen aus und stehen ziemlich ratlos vor
unserem Haus.

Einer möchte meinem Neffen helfen, doch eine Frau
schreit, dass man sich die Mühe sparen könne, der
Kopf sei ja bereits abgetrennt. Wie solle er denn da
noch denken, geschweige denn leben?

Nun springt die Tür der Familienkutsche auf. Ich rufe
den Businsassen zu, dass sie ruhig ins Haus gehen und
sich auf den Schreck gerne etwas zu trinken holen
könnten. „Gehen Sie, gehen Sie nur, es ist ja niemand
da. Alle sind bereits ausgeflogen." Sie nicken ohne
Widerworte und betreten das leere Haus.

Ich setze mich in die Familienkutsche, die viel zu groß
für mich allein ist, und fahre weg. Vielleicht werde ich
kurz beim Krankenhaus anhalten. Wer weiß, vielleicht
ist meinem Neffen doch noch zu helfen. Eigentlich
weiß ich es besser. Einen ganzen Kopf annähen- wie
soll das gehen? Das brächte noch nicht einmal der
Teufel fertig. Ich hoffe zugleich inständig, dass in dem
Haus noch genug Getränke vorzufinden sein werden.

Das wäre doch sonst eine Schande. Gastfreundschaft
sollte man immer und unter allen Umständen auf-

recht erhalten. Da kommt mir ganz rasend schnell der schwarz-braune Kastenwagen entgegen, das Gesicht der Fahrerin vor Wut verzerrt. Dabei ist sie doch wichtig. Sollte sie da nicht auch ein wenig das Gesicht wahren? Nun das Quad, meine Nichte schlägt ihren Freund noch immer, der Porsche, der Dienstwagen. Nur der Flitzer ist weg.

Mit ihm der Busfahrer. Ich trete aufs Gas. Denn was immer sein wird- sie werden mir die Schuld geben. Sie werden sagen, dass mein Neffe unter dem Bus liegt, weil ich jemanden gehasst habe. Dabei hat es die Drohne doch ganz anders aufgezeichnet. Sie lassen mich nicht ans Ziel. Niemals. Nur mein Neffe, der ist schon dort.

# UND ES WURDE KEIN WIND

Herr: es ist Zeit.
Der Sommer war sehr groß.
Leg deinen Schatten auf die Sonnenuhren,
und auf den Fluren lass die Winde los.
(R.M.Rilke)

Die Welt und ich, wir waren eins, als ich ein Kind war, denn alles war wie es sein sollte.

Doch dann, ohne die berühmten Vorboten, ohne jegliche Ankündigung, zerbrach etwas Elementares in meinem Leben. Es war so als wäre ein Spiegel zerbrochen oder irgendetwas, dessen hoher Wert nicht mehr zu ersetzen war, und dorthin, wohin ich blickte, sah nun nichts und niemand mehr zu mir zurück.

Der Blick ging ins Leere.

Mein Vater, mein wichtigster Mensch, war, ganz ohne Vorwarnung für mich, über Nacht vom dem von der Russischen Armee besetzten Osten in den Westen gegangen.

Damit war er für immer fort und für mich verloren gegangen. Das Liebste war nicht mehr da. Wie so viele zu jener Zeit war mein Vater nach Westdeutschland, in die Freiheit geflüchtet.

Noch gab es zwar keine Mauer, doch waren die Begrenzungen dennoch bereits zu erahnen, und seine Sehnsucht nach Freiheit, nach Weite und Grenzenlosigkeit war größer als alles andere. Wie ein heftiger Wind, den man versucht hatte einzusperren, war er mir vorgekommen, wie eine Naturgewalt, doch in einem positiven Sinn.

Denn selbst wenn die Natur mit ihrer Kraft auf etwas einwirkt, etwas verändert, so ist diese doch nicht mit dem gleichzusetzen, was menschlicher Gewalt innewohnt. Naturgewalt befreit; befreit sich – wohingegen menschliche Gewalt oft dazu neigt einzuengen, zu kontrollieren.

Hier darf nichts wachsen. Im Gegenteil. Gänzlich am Wachsen gehindert soll es werden.

Damals wünschte ich mir immer nur das Gleiche – auch wenn es jetzt zu spät dafür war.

Hätte er mich doch einfach nur mitgenommen!

Meine Mutter nahm mich danach niemals in den Arm; sie brachte mich ständig mit meinem Vater in Verbindung. In ihrer Nähe gab es keine Wärme mehr für mich. Lediglich meine Oma nahm mich nach wie vor in den Arm und streichelte mich dabei ein wenig. Sie war weiterhin unverändert liebevoll zu mir und damit war sie meine kleine Zuflucht in einer neuen Welt, die nun um vieles rauer geworden war. Ich erinnere mich noch an den feinen Geruch ihrer Schürze. Sie roch nach feinem Kuchen, ihre Haut war weich, warm und etwas trocken, wie bestäubter Hefeteig.

Sehr streng wurde ich nun von meiner Mutter und meinem Opa erzogen. Nun, nachdem mein Vater weg war! Man wollte wohl damit verhindern, dass ich so werden würde wie er.

Bis zur Dämmerung musste ich immer zuhause sein, sonst hätten mir Strafen gedroht. Ebenso wie das Licht draußen entwich, so entwich es auch in mir, wenn ich mich ängstlich und unwillig auf den Nach-hauseweg machte.

Es zog mich niemals nach Hause. Außerhalb unseres Hauses fühlte ich mich wohler.

Manchmal ging ich auch auf den Friedhof. Dort gab es kleine Kindergräber mit schönen Engelfiguren darauf, die zum Teil nicht gepflegt, die wild und verwaist waren.

Ich weiß nicht warum, doch ich wollte dies ändern, das war mir ein sehr großes Anliegen. So richtete ich diese verlassenen Gräber der fremden Kinder, zu-sammen mit einer Freundin, nach und nach wieder her. Ich dachte mir, dass sich jemand darum kümmern müsste, und ich tat es gern.

Auf diese Weise ging meine Zeit etwas angenehmer und friedvoller dahin.

Meinem Opa war das nicht recht. Opa meinte, dass ich meine Kindheit genießen solle. Vermutlich hat er es auf seine ihm eigene Art nur gut gemeint. Doch wie genießt man eine Kindheit, die lieblos ist und kalt? Als ich aufhörte auf die Rückkehr meines Vaters zu hoffen, begann ich im Gegenzug auf die Ankunft eines Märchenprinzen zu setzen.

Auf einen, der mich von all dem wegholen würde.

Als ich fünfzehn Jahre alt war, begegnete ich meinem späteren Mann. Neunzehn Jahre war er alt, und damit war er vier Jahre älter als ich.

Als ich schwanger wurde, heirateten wir sehr bald, so dass das Kind in unsere Ehe hinein geboren werden konnte, und wir es als Eheleute in unserer Familie willkommen heißen konnten. Was nun begann, das, was mein schönes Leben hätte werden sollen, wurde ein Alptraum, der Jahrzehnte andauern sollte, und aus dem es mir unmöglich war mich zu befreien. Weder mich noch meine Kinder.

Und das nicht wegen der uns zugewiesenen Baracken-
wohnung, die ein früheres Gefangenenlager gewesen
war und in der nur ein schäbiger Schrank stand, ganz
einsam und verloren auf dem nackten Zement-
fußboden stehend. Dieses Elend berührte mich nicht,
obgleich es natürlich auch nicht dazu beitrug, sich
wirklich wohlfühlen zu können in dem neuen Leben.
Doch war das nicht das Wesentliche. Weitaus
schlimmer war die beunruhigende Tatsache, dass sich
mein Mann ganz und gar veränderte. Er veränderte
sich zu einem Menschen, der fast nur noch aus
Jähzorn bestand, aus Unzufriedenheit, Rohheit und
aus Abwertungen.

Seine reine Anwesenheit erzeugte ein Klima der
Angst, der Lähmung und der absoluten Hoffnungslosigkeit.

Er war nicht mehr der Mann, den ich kennen- und
lieben gelernt hatte. Ein bedrohlicher Fremder war er
beinahe über Nacht geworden, und ich fand einfach
keine vernünftige Erklärung hierfür. Hätte ich noch in
märchenhaften Bildern gedacht, so hätte ich wohl
vermuten können, dass eine böse Frau meinen
Märchenprinzen mit einem Fluch belegt hatte. Einen
Fluch, den es zu brechen galt.

Doch das gelang mir nicht, und überdies waren die Zeiten, in denen ich noch an schöne Märchen glauben konnte, vorbei. Deswegen konnte ich das mit einem Fluch, der auf ihn gelegt wurde, auch nicht glauben. Selbst wenn mir kaum eine bessere Erklärung für das einfallen mochte, was aus meinem Mann geworden war.

Jetzt, wo er selbst Ehemann und Vater geworden war.

Seine Lebensgeschichte hatte traurig begonnen, allerdings habe ich von all dem erst viele Jahre später erfahren. Nachdem sein Vater schwer verwundet aus dem Krieg zurückgekehrt war, hatte seine Mutter diesen Mann, seinen Vater, nicht mehr haben wollen. Sie hatte ihm deutlich und grob zu verstehen gegeben, dass sie nicht an der Gesellschaft eines Krüppels interessiert sei.

Dieser Mann, eben aus einem verlorenen, kalten und grausamen Krieg zurückgekehrt, in dem nur die Hoffnung auf das Wiedersehen mit seiner Familie ihn noch aufzurichten in der Lage gewesen war, nahm daraufhin mit der Verzweiflung desjenigen, der nichts mehr zu verlieren hat, eine Axt in die Hand und versuchte seine Frau damit zu erschlagen. Danach wollte er sich erhängen. Mein späterer Mann, zu diesem Zeitpunkt ein Kind, schnitt den eigenen Vater vom Seil ab. Sieben Jahre kam dieser Vater daraufhin in Haft. Und diesem Kind, das herangewachsen und selbst zum Mann geworden war, war ich nun ausgeliefert. Alles ging von jetzt an ausschließlich nach dem Willen meines Mannes.

Was er sagte, das musste getan werden. Nun erlebte ich alle schlechten Seiten an ihm. Sein Wort galt, wurde gar zum Gesetz, und niemals durfte man ihm widersprechen. Ich liebte ihn nicht mehr. Alles war tot in mir, ich ertrug nur noch alles – irgendwie. Und in dieses Elend hinein wurde unser Kind, mein Sohn, geboren. Die Abende gehörten meinem Sohn und mir. Zwar musste ich nebenher den Haushalt erledigen, doch mein Sohn war da und ich bei ihm. Wie sehr genoss ich diese Momente!

Kurz bevor mein Mann dann jedoch jeweils von der Abendschule heimkam, verdüsterte sich jäh meine Stimmung und machte unweigerlich einer unbestimmten Angst Platz. Ich sorgte mich um meinen Sohn. Nachts wurde mein Mann wütend, wenn der Kleine weinte. Dann stand ich schnell auf und trug ihn leise in der Wohnung umher, bis er sich beruhigt hatte. Immerzu hoffte ich dabei, dass mein Mann uns nicht hörte. Ich wollte ihm nicht den kleinsten Anlass zur Unzufriedenheit geben, wenngleich dies nichts nützte. Man konnte sich anstrengen wie man nur wollte – einen vermeintlichen Grund, um auszurasten, um völlig hemmungslos zu toben, fand mein Mann immerzu. Dagegen kam man nicht an. Ich erinnere mich genau daran, ich weiß noch wie ich ängstlich auf jedes Detail achtete, um ihm alles recht zu machen, um ihn nicht zu provozieren. Vergeblich!

Und in all dies hinein, in dieses Klima der ständigen Angst, kam die Ankündigung eines neuen Familien-mitglieds. Und das, obwohl man bereits schon jetzt nicht von einer Familie sprechen konnte. Doch stand es fest, es gab keinen Zweifel: Ich war erneut schwanger.

Ich wollte nicht darüber nachdenken was diesem Wesen, das da in mir wuchs, bevorstand. Ich arbeitete hart. Plötzlich, während ich einen Schrank an die Wand rückte, stand mein Mann hinter mir. Er hielt ein Messer vor mich hin und drohte mir. Er sagte, er würde mich töten, sollte dem Kind in meinem Bauch etwas passieren, da ich so unvernünftiger Weise Schränke schob. Um mich, oder auch um das Kind selbst, konnte es ihm dabei gar nicht gehen. Es war äußerst klar, dass er dieses Kind einfach benutzen wollte, denn umso mehr würde er seine eigene Machtposition ausbauen können. Es wurde eine schwere Geburt. Meine Tochter hatte sich die Nabelschnur im Mutterleib zweimal um den Hals gewickelt, doch sie überlebte, und ich hielt sie kurz darauf in meinen Armen. Sie roch so unbeschreiblich gut, und ich liebte sie so, dass ich es in Worten gar nicht ausdrücken konnte. Wenn ich sie nun ansah, sie und ihren größeren Bruder, dann wusste ich, dass das Leben mir hier zwei Geschenke gemacht hatte. Es waren zwei zerbrechliche Kostbarkeiten, die es fortan galt mit allen Mitteln zu beschützen.

Am liebsten wäre ich mit beiden fortgegangen!

Weit weg und irgendwohin wo mein Mann uns nie finden würde. Obgleich ich ja wusste, dass für sie keine Gefahr ausging. Seine Wut galt mir, nicht ihnen. Dennoch - ein wirklich rundum schönes Leben, eine harmonische Kindheit hätte ich ihnen gewünscht. Mehr als alles andere. Es gab indes keinen anderen Ort für sie. Und so bedauerte ich, dass ich ihnen das nicht würde bieten können. Es gab damals keinen Weg. Frauenhäuser gab es nicht, und bei meiner Mutter hätte ich ohne meinen Mann gar nicht erst wieder auftauchen brauchen. Wohnungen für allein-stehende Frauen gab es so gut wie gar nicht. Es gab keinen Ausweg. Es gab nur die eine Möglichkeit weiterzumachen und Schaden von den Kindern abzuwenden, so gut ich es nur vermochte. Ich hatte nun ständig Angst. Eine meiner größten Sorgen war, dass er mich töten könnte, und dass ich dann nicht mehr für meine Kinder da wäre. Niemals wieder. Da er mich oft bedrohte, auch mit dem Leben, war diese Angst nicht abwegig und ein guter Indikator. Sie lähmte mich jedoch auch und machte es mir zumeist unmöglich mich gegen ihn aufzulehnen, gegen seine selbstherrliche und absolute Terrorherrschaft anzu-gehen. Einmal versuchte ich mich trotz Angst und Lähmung verbal zur Wehr zu setzen *„Wenn du mich tötest"*, hatte ich ihm auf eine seiner Drohungen gesagt, *„dann wirst du den gesamten Rest deiner Tage im Gefängnis verbringen."*

Siegessicher hatte er daraufhin erwidert, dass sein Leumund einwandfrei sei. Er zuckte dabei nur kurz die Achseln und meinte dann mit einer Kaltschnäuzigkeit die mich noch heute zuweilen einholt: *„Dann sind mir eben mal kurz die Nerven durchgegangen"*. Wie er mich bei diesen Worten ansah, mit diesem kalten

Triumph in seinen Augen, das werde ich niemals vergessen. Er war sich sehr sicher, dass er mit einer milden Bewährungsstrafe davongekommen wäre.

Immerhin hätte es ja dann auch noch die beiden Kinder gegeben, die Halbwaisen, die ihn brauchten.

Nach dieser Unterhaltung wusste ich nun ganz genau, dass er vor nichts, vor wirklich gar nichts, zurückschrecken würde. Sehr oft zog er von da an ein Messer. Immer erst wenn die Kinder im Bett waren. Vor diesen versuchte er stets ein gutes Bild von sich selbst aufrecht zu erhalten. In all der vermeintlichen Un-kontrollierbarkeit seiner Wutausbrüche war er also durchaus noch zu solchen Überlegungen in der Lage. Und ich glaubte ihm, dass die Menschen ihm mehr Glauben schenken würden als mir.

Er verstand es Menschen einzuwickeln und von sich zu überzeugen, wenn es nötig erschien. Somit wurden seine Drohungen etwas höchst Reales für mich. Etwas, das zu etwas Lebensgefährlichem anwachsen konnte. Etwas, das mich jederzeit mit einem kalten Stich für immer ins Jenseits hätte befördern können.

Einmal war es so schlimm, dass ich vorübergehend flüchten wollte - ich wusste, dass er nur mir etwas tun wollte, nicht den Kindern. Doch dann überlegte ich es mir anders. Ich wollte in der Nähe der Beiden bleiben. Doch an einem Abend eskalierte die Situation.

Jegliche Form von Deeskalation und zugleich jegliche Rückzugsmöglichkeit waren plötzlich abgeschnitten. Mein Mann hatte wieder das Messer in der Hand, um mich zu bedrohen, und er wirkte noch wütender, noch de-struktiver als sonst. Panisch wollte ich ganz instinktiv aus dem Fenster, das sich in meiner Blickrichtung befand, klettern, welches sich im dritten Stock befand. Er riss mich gerade noch zurück, schrie mich hasserfüllt an: *„Geh mir aus den Augen, oder ich vergesse mich!"* So rannte ich völlig entsetzt zur Tür hinaus, damit meine Kinder durch sein Geschrei nicht aufwachten.

Dann bin ich lange durch den nächtlichen Ort gegangen. Nur meine eigenen Schritte hallten in der Nacht. Es kam mir so vor als seien alle anderen glücklich. Als ich durch die Fenster die warmen, gelben Lichter sah, so musste einem das von außen einfach so vorkommen, wenn man gerade fast heimatlos durch die leeren Straßen zog – voller Todesangst wieder zu einem unberechenbaren Despoten zurückzukehren. Und doch gab es keinen, gar keinen Ausweg. So oft und immer wieder wiederholte ich im Geiste meine schlichtweg einfach nicht vorhandenen Möglichkeiten. Es gab damals einfach keinen Ausweg.

Keine Frauenhäuser, keine Unterstützung, keine Wohnungen für Alleinerziehende. Noch viele Male sollte ich in den Nächten so durch die Straßen ziehen.

Selbstverständlich weiß ich, dass die Lichter aus den Häusern, die mir so anheimelnd, so gemütlich und friedvoll erschienen, auch Zerrbilder, Trugbilder sein konnten.

Tausende von trügerischen Irrlichtern mit zunächst warm wirkendem Licht, welches aber seinen Strahl vermutlich auch auf vieles Schlechte geworfen haben muss. Sicherlich war auch in diesen Häusern nicht alles so perfekt wie es in diesen Augenblicken den trügerischen Anschein hatte.

Jedoch dachte ich in diesen Momenten nicht nach. Darum ging es ja nicht. Allein lief ich des Nachts von nun an häufiger durch die erleuchteten Ortschaften, heimatlos und vertrieben, ungewollt von meinem Mann und dennoch nicht frei. Die warmen Lichter, die wie große, staunende Augen auf die Straße zu mir herunterzublicken schienen, raubten mir noch die letzte Hoffnung. Die Treppen hinauf, zurück in das traurige Haus, in dem sich unsere Wohnung befand, er-schienen mir jedes Mal wie eine einzige Drohung. Würde er noch wach sein, gar auf mich warten?

Meistens war er jedoch schon eingeschlafen, als ich nach Hause kam. Immer noch bebend vor Angst, sah ich nach den Kindern, die ebenfalls ruhig atmend schliefen. Bevor ich ins Schlafzimmer zurückkehrte, beobachtete ich ihren warmen, tiefen Schlaf noch für eine Weile. Dann machte ich mich auf in das Zimmer, in dem mein Mann laut atmend lag.
Sein Schlaf war zumeist tief, doch verlassen konnte man sich darauf nicht. Zitternd vor Angst legte ich mich daneben – immer hoffend, dass er nicht aufwachen würde. Ganz fremd war ich in der neuen Heimat, der Willkür meines Mannes komplett aus-geliefert, und ich veränderte mich.

Ich glaube, dass man so etwas nicht verstehen kann, wenn man es nicht selbst erlebt hat! Meine eigene Persönlichkeit trat zurück, und ich funktionierte nur noch wie ein Lebewesen in einer unwirtlichen Umgebung, das darauf achten muss zu überleben, während er mich ständig beschimpfte, abwertete und bedrohte. Alles in mir war so sehr auf das reine

Überleben eingestellt, dass ich gar nicht erst daran dachte, von meinem Mann wegzugehen. So blieb es an mir, einfach nur für meine Kinder, denen er nichts antat, zu überleben, irgendwie dazubleiben. Hoffen tat ich aber dennoch. Irgendwie, allen Widrigkeiten zum Trotz, vielleicht durch ein besonderes Wunder, würde möglicherweise eines Tages etwas geschehen, das mich für immer von ihm befreien würde. Nur dieser Gedanke bewahrte mich davor den Verstand zu verlieren. Somit war ich nun also doch wieder im Märchenhaften, im magischen Denken und Wünschen angekommen. Etwas Anderes gab es für mich nicht zu dieser Zeit. Es gab keinen Weg von ihm weg. Ich konnte nicht gehen. Das wäre, rein logisch betrachtet, sicherlich der geeignetste Schritt gewesen, doch ich war in etwas Anderem gefangen -- im reinen Überlebensmodus um das Überleben meiner Kinder und mir, um unser aller Unversehrtheit irgendwie zu sichern.

Doch unaufhaltsam steigerte sich sein Hass, es folgte das, was man mir wohl schon hätte voraussagen können: Er hat er mich dann mit einem Messer erstmals verletzt. So nah war er mir mit diesem Messer noch nie gekommen. Es war nur etwas mehr als eine Schramme, nur ein einziger Tropfen Blut war zu sehen. Doch dahinter steckte viel mehr. Er hatte es nun tatsächlich erstmals gegen mich gerichtet.

Er hatte es mir nicht mehr nur an den Hals gehalten oder vor das Gesicht. Er hatte es tatsächlich gegen mich eingesetzt. Eine weitere Grenze war hiermit deutlich überschritten worden.

Ich geriet in äußerste Panik, wollte Hilfe holen, sprang diesmal wirklich aus dem Fenster, so abrupt, dass er diesmal keine Chance hatte mich noch zurückzureißen und klopfte völlig außer mir bei den Nachbarn. Der behäbige, ruhige Nachbar, der nach einer Weile zur Begleitung mit mir in die Wohnung zurückkehrte, konnte ihn auch nicht beruhigen, so dass die Polizei gerufen werden musste.

Da beherrschte er sich mit einem Mal, und er entschuldigte sich mit den Worten, dass er es nicht so gemeint habe, und dass die Nerven wohl kurz mit ihm durchgegangen seien. Er verstand es bei der Polizei einen ausgesprochen guten und höflichen Eindruck zu hinterlassen.

So blieb alles beim Alten, und weiterhin war es die Arbeit, die vielen Dinge, welche täglich getan werden mussten, und meine beiden Kinder, die mich ablenkten, die mir beim täglichen Kampf um das reine Überleben halfen. Doch ahnten sie nicht wie es um mich stand. Ich habe mir niemals etwas anmerken lassen.

Die Arbeit war mein Fluchtpunkt. Ich war geachtet, beliebt bei den Kollegen und ging ganz in meiner Arbeit im Chefsekretariat auf.

Bei der Arbeit war es auch wo ich merkte, dass ich nicht schwach war oder ängstlich. Das Gegenteil war der Fall. Das war ein neues, ein gutes Gefühl.

Es gab Situationen, in denen ich tatsächlich über eine große Courage verfügen musste, um bestimmte Dinge durchzusetzen, auch gegen den Willen der Partei.

Für mein Selbstverständnis war dies wichtig, für das Bild, das ich nun auch von mir haben konnte. Es waren nun mehrere Bilder, die so nebeneinander standen. Wäre es nur das Bild der stummen, stets verängstigten Frau mit dem vor Angst laut klopfenden Herzen gewesen, so hätte ich damit schwer leben können. Doch etwas in mir spürte nun, dass ich stark war. Selbst wenn dies an der Gesamtsituation nichts zu ändern vermochte.

So war durch die Arbeit ein fruchtbares, ein gutes weiteres Bild in mir entstanden. Zu Hause hatte ich dann meine Kinder und meine kleine Hoffnung, dass eines Tages so etwas wie ein Wunder geschehen würde. Diese Inseln und diese Hoffnung hielten mich ebenso aufrecht wie sie mich zugleich aushöhlten. Meine Kinder wurden erwachsen, verließen das Haus.

Die Gesellschaftsform änderte sich - doch ich blieb. Ich blieb. Warum konnte ich nicht gehen?

Alle Kraft hatte mich über den Lauf dieser vielen bedrohlichen Jahre verlassen.
Windstill war es gewesen, so still und bedrohlich und schwül wie vor einem vernichtenden Gewitter.
Das fasste mein Leben zusammen. Und hinaus kam ich nicht mehr. Ich hätte etwas gebraucht, das mich hätte leiten können.
Vielleicht einen schönen, einen lebendigen Wind, der es vermocht hätte das, was in mir abgestorben war, wieder zu beleben. Ich wartete auf einen solchen Wind. In den Nächten wartete ich auf ihn, und während der Tage.
Sehnsüchtig wie eine junge Braut, eine, die noch von nichts wusste.
Ich erwartete ihn zu jeder Jahreszeit und zu jeder Stunde.

Doch es wurde kein Wind. Mit den Jahren wurde mein Mann nicht milder. Im Gegenteil.

Seine Ausbrüche richteten sich nun auch gegen seinen eigenen, unseren Hund, den er ursprünglich immer gut behandelt hatte, was mir besonders wehtat.
Auch riss er sich nun nicht mehr vor anderen zusammen. Meine Tochter hat sich manchmal enorm über mich geärgert, weil ich mir so viel habe gefallen lassen, dennoch blieb sie uns verbunden.
Mein Sohn hingegen wollte nichts mehr mit meinem Mann zu tun haben.

Mein Mann, der immer der Größte hatte sein wollen, hatte selbst bemerkt, dass der Zug für ihn abgefahren war. Sein Sohn war so überaus klug.
Da konnte selbst er nicht mehr mithalten, und er konnte ihn nicht mehr – wie er es früher oft getan hatte – bevormunden.
Mein Sohn sagte sich irgendwann endgültig von uns los. Das Wunder und der Wind ließen noch immer auf sich warten. Mir war klar, dass das Hoffen darauf mich zum Narren machte. Selbst hätte ich handeln sollen, doch eine schwere Hand zog mich nach unten, nahm mir jeden Impuls zu einer Handlung, die mich hätte

befreien können. Mein Mann konnte sich auf mich verlassen. Ich blieb ihm also treu – und ich blieb bei ihm. Das Bild meines Vaters, der einfach gegangen war, stand auch noch vor mir. Nein, so wollte ich nicht sein. Obgleich ich meinen Vater noch immer liebte – ich wollte treuer sein als er. Etwas in mir sprach dieses Verbot aus. Ein strenges, inneres Verbot einfach zu gehen, wegzugehen. Das zerriss mich, denn obwohl ich das Gefühl hatte das tun zu müssen, wusste ich zugleich, dass es weitaus besser wäre, möglichst weit weg zu sein. Allein auch schon von den ganzen äußeren Bedingungen her wäre das allerdings, wie mir immer wieder bewusst geworden war, unmöglich gewesen.

Dann, nachdem so viele Jahrzehnte vorbeigegangen waren, Jahre in denen mein Herz, das es gewohnt war vor Angst zu rasen, häufig seinen Dienst versagt hatte, und ich herzkrank geworden war, stand nun der 70. Geburtstag meines Mannes an.
Ganz groß wollte er sich feiern lassen und ich denke auch, dass er hoffte sein Geburtstag könnte die von ihm ersehnte Versöhnung mit seinem Sohn mit sich ziehen. Es kamen viele der wichtigen Leute, Leute zumindest, die man im Allgemeinen für wichtig hielt.

Doch der, den er sich erhofft hatte, unser Sohn, kam nicht. Und verdenken konnte ich ihm das nicht. Mein Mann sah sicherlich dreißig Mal verstohlen zu der Türe hin. Doch sein einziger Sohn war nicht unter den Gratulanten. Merklich sackte er bei jedem dieser Blicke ein wenig mehr in sich zusammen. Das hier war etwas, das er nun nicht mehr bestimmen, nicht mehr durch Drohung oder sonstige Manipulationen einfordern konnte. Mein Sohn hatte ein klares Zeichen gesetzt, und ich verstand gut warum er das getan hatte.

Es gab nichts, das meinen Sohn mit all dem hätte versöhnen können.

Meine Tochter wollte vermitteln, sie bemühte sich um eine gute Stimmung bei diesem Fest.

Ich dachte oft, und auch an diesem Tag, dass es das doch nicht gewesen sein kann, dass mein Leben so endet, dass es enden würde ohne, dass der befreiende Wind eingesetzt hätte.

Noch immer war ich bei diesem Mann, diesem unverbesserlichen Despoten, der hier so im Mittel-punkt stand und sich feiern ließ. Noch immer hatte sich nichts geändert, und ich konnte noch nicht einmal sagen warum.

Denn auch nach solchen, nach außen hin gelungenen Festen, entluden sich Unzufriedenheit und Wut. Und er würde an mir auslassen wollen, dass sein Sohn es gewagt hatte fernzubleiben. Ja, er hatte es, in der Tat, gewagt. Abgesehen davon war das Fest ein Triumph für meinen Mann. Ein letzter Akt oder vielmehr ein letzter Paukenschlag.

Hofiert wurde er von allen Seiten, man gratulierte und schmeichelte ihm ausgiebig, beschenkte ihn reichlich und erwies ihm große Ehrerbietung.

Mit geübter Freundlichkeit parierte er auf das alles, und er genoss sie, seine allerletzte Show.

Ich haderte an diesem Tag besonders mit mir. Warum war ich noch da?

Warum kam ich nicht von ihm los? Ich war kein schwacher Mensch. Das wusste ich genau.

Doch kam ich nicht aus diesem verwünschten Leben heraus. Es war zum Verrücktwerden.

Und dann passierte etwas. Nur wenige Tage später, kurz nach seinem letzten großen Fest war mein Mann tot. An einem Hirnschlag war er innerhalb weniger Stunden gestorben. Der Arzt teilte es mir mit und fragte mich, ob ich seine Leiche noch einmal sehen wolle. Stumm schüttelte ich den Kopf, unfähig etwas zu sagen. In diesem Moment dachte ich, dass es doch noch Wunder gibt!

Trauer konnte ich keine empfinden. Nur eine unendliche Erleichterung. Diese Erleichterung war so groß, dass sie mich weinen ließ.

Meine Tochter wollte dann unbedingt, dass ich in ihre Nähe zog. Zunächst wollte ich sie nicht belasten, doch sie versicherte mir, dass sie mich einfach nur gern um sich hätte. So landete ich bei ihr - im Elsass.

Ein paar Koffer hatte ich beim Umzug bei mir, und ebenfalls mit ihm Gepäck - befand sie sich: Die Urne meines Mannes. Nichts war von all dem geblieben. Nichts von all den Jahren der Angst, nichts von den Gewaltausbrüchen. Nichts war geblieben.

Nichts außer einer Urne, deren Asche sich in nichts von der Asche anderer unterschied. Die Asche und all die Gedanken, die sich nun in meinem Kopf drehten. Gedanken, die in den Nächten zu heftigen Alpträumen anwuchsen.

Ich hatte die Urne in die hinterste, unterste Ecke meines Kleiderschranks gestellt. In Frankreich ist das erlaubt. Nach wie vor war sie mir unheimlich, und ich fühlte die Anwesenheit dieser Urne sogar in meinen Träumen. Sie war das große Nichts. Eines Tages, als meine Tochter nicht mehr mitansehen konnte wie ich mich quälte, beschlossen wir, mit ihr gemeinsam, die Asche in den Wind zu streuen, sobald ein stärkerer Wind aufkäme. Ich wartete.

Ich wartete so wie in unserer Ehe auf den Wind.

Wieder wartete ich. Und es wurde kein Wind. Doch dann, kaum war meine Tochter in ihren Urlaub abgereist, fegte ein Wind, der schon eher einem Sturm glich, über die Felder.

Da wusste ich, dass es jetzt an der Zeit war. Ein Sturm war es, der einer Ostsee würdig war.

Ich nahm die Urne an mich, schwer war sie, und ich trug sie mit mir auf die Felder.

Wie klein sind wir doch in Anbetracht der Größe, der Unbezwingbarkeit und Macht der Natur, dachte ich dabei.

Die Natur, die sich am Ende alles zurückholen wird, jedes Menschlein, jeden, der in dem Größenwahn, der die Menschheit im Einzelnen und im Ganzen befallen hat, dahinging, um zu Staub zu werden, oder der, um es anders auszudrücken, zur Natur zurückzukehren, zum Ganzen, zum Kreislauf – lediglich in anderer Gestalt. So öffnete ich die Urne und übergab die Asche meines Mannes dem Wind.

An der Ostsee, dort wo ich herkomme, weiß man um die Kraft der Natur.

Man spürt sie tagtäglich in der Wucht des Wassers und des Windes, der so unfassbar schnell zu einem Sturm anwächst, wenn man noch nicht einmal daran gedacht hätte. Wenn er zu etwas wird, das nicht zu kontrollieren ist. Niemals.

Allein dem Versuch haftet bereits etwas Vergebliches an.

Ewas, das auf eine traurige Art lächerlich zu sein scheint. Vergeblich eben.

Die Vergangenheit kam mir in den Sinn.

Nicht weit von mir entfernt war mein Mann damals aufgewachsen. Die Gezeiten hatte er ebenfalls gut gekannt. Auch ihm hatte prinzipiell klar sein müssen, dass man den Wind nicht einsperren, das Wasser niemals beherrschen konnte. Fehlte ihm diese Demut vor der Natur? Fehlte ihm das innere Wissen um den kleinen, um den geringen Platz, den wir Menschen inmitten der Natur, inmitten des riesigen Universums einnehmen? War er von vornherein einer dieser Menschen, die nach Macht streben, nach Kontrolle, um von der prinzipiellen Unkontrollierbarkeit allen Lebens abzulenken?

Wurde er so zu jemandem der vergebens versuchte, das Unbeherrschbare zu beherrschen? Mit Angst, mit Messern, einmal gar mit einem riesigen Hammer, mit dem mein Mann an einem Tag sogar seinen Ehering zerhacken wollte. Für einen Moment gestattete ich mir einen Ausflug in das märchenhafte Denken.

Ich sah den zu Lebzeiten verfluchten, dunklen Prinzen, der mein Mann gewesen war, und ich konnte sehen wie dieser Fluch sich auflöste und zersprang. Ich sah wie nichts von ihm blieb, während die Asche meines Mannes befreit im Wind tanzte. Wie erlösend war der Tag, an dem ich seine irdischen Reste leichthin in die Winde streute. Alles, was einst so mächtig hatte erscheinen wollen, das so angsteinflößend und doch auch zugleich mitleiderregend gewesen war – es war nun verwandelt worden. Wie alles in der Natur hatte es sich verändert, war zu einer weißgrauen Melange aus Asche geworden. Ich gab es der Erde zurück und dem Himmel. Die Luft wirbelte es herum und verteilte es.

Er war es nicht mehr – und doch denke ich, dass auch er es genossen hätte, wenn er noch ein Bewusstsein gehabt hätte – diesen Augenblick, in dem sich die zahlreichen kleinen Aschestückchen allesamt in die

Luft erhoben, der Moment, in dem auch dieser Teil von ihm nun endlich befreit war.

Befreit von sich selbst. Erlöst von der Angst und der Trauer, die sich hinter all seiner Kontrollsucht und seinem Hass verborgen hatte.

Ich gönnte es ihm! Er kehrte heim in die Natur, von der auch er, davon bin ich überzeugt, über so viele Lebens-Jahrzehnte hinweg getrennt gewesen war.

Und die Natur, die Liebe zu ihr ist es, auch heute, die mich mit der Welt verbindet. Verbindet und versöhnt.

Im Tod tanzte mein Mann nun mit dem Wind, tanzte von mir weg, weiter und weiter und verschwand, vereinigte sich mit der Natur und hinterließ mich in namenloser Erleichterung.

Etwas löste sich in mir, ein uralter Knoten. Meine Lebenskraft, meine Freude und all meine frühere Stärke meldeten sich in jenem Augenblick zurück, wie drei lang vermisste Schwestern. Noch ganz klein waren sie und etwas unsicher.

Doch sie waren da. Ich konnte es genau spüren, und ich konnte sie spüren.

Zum ersten Mal seit Jahren gelang es mir, inmitten all dieses Windes, zu atmen. Wirklich zu atmen. Nun war es vorbei. Nun war es wirklich vorbei!

### HERBSTNACHT

Es war wohl einer der letzten heißen Tage des Jahres, herbstlich bereits, recht windig zudem, und dennoch zeigte die Sonne noch einmal was sie so draufhatte, so dass ich mich auf einem Mäuerchen unterhalb einer Ansammlung sich heftig im warmen Wind wiegender Bäume befand. Es war still, bis auf das Rauschen war nichts zu vernehmen, und selbst der Bettler, der sich mir näherte, um etwas Kleingeld zu ergattern verhielt sich rücksichtsvoll und ruhig, so als wolle er mich nicht stören. Von so viel Rücksichtnahme beeindruckt, gab ich ihm mein letztes Geld, viel war es nicht, doch nickte er, um damit anzudeuten, dass er mit diesem Betrag einverstanden sei. Dann setzte er sich in einiger Entfernung, weder zu nah noch zu weit, neben mich auf das Mäuerchen, behielt das Geld für schlechtere Zeiten bei sich und saß nun, so wie auch ich, in der Sonne. Im Gegensatz zu mir, denn im Leben hätte ich so etwas nicht gewagt, hatte er sich noch mitten im Stadtgebiet seines Oberhemdes entledigt und saß mir mit langem braunen Haar, einer von der gesamten Länge des Sommers gegerbten Haut, in welcher die Wärme so vieler Tage gespeichert zu sein versprach, stumm zur Seite. Er selbst schien zu einem Teil dieser Natur geworden zu sein.

Beim Baden, noch vor einigen Tagen, hatte ich ihn am stillen Ufer eines Sees entdeckt, auf den warmen Steinen, während leichte, kleine Wellen sich scheu bis zum Ufer wagten, um sich dann jedoch sogleich wieder in die Sicherheit des Sees zurückzuziehen. Auch an diesem Tag waren Sonne und Wind eine Komplizenschaft eingegangen, und auch dort war er mir aufgefallen, der Bettler, der so schön war als sei er in Wahrheit ein Fotomodell, und dazu bestimmt für erfolgreiche Label in Mailand oder Paris zu laufen. Doch offenbar stand ihm der Sinn nicht danach.

Auch in der Kirche hätte er jedem dieser Jesus-Darsteller mit Leichtigkeit die Show gestohlen, denn mit seinen dunklen Augen, den langen, glatten Haaren und dem markanten Profil und der schwermütigen Ausstrahlung konnte nur einer dem wahren, oder dem zumindest einigermaßen realistischen Bild Jesu entsprechen.

Ohnehin war ich von den kirchlichen Darstellungen eines Jesu mit hellblauen Kinderaugen nie als etwas besonders Realistisches erschienen.

Aber ich schweife ab, der Wind bläst meine Gedanken noch einmal kräftig durcheinander, bis er sie fast vollständig hinwegziehen und meinen Kopf endlich leicht werden lässt.
Wolken und Blätter über mir. Ein Fest der Wolken, der Sonne, des durchbrochenen Lichts welches doch immer wieder zurückkehrte. Ich bekam einfach nicht genug davon. So frei war er nun, mein Kopf.
Nur noch kleine Ideen sickern ab und an hindurch, ganz kleine Fragen nur, solche wie die, ob es nicht erstrebenswert sei so wie er, der dort neben mir saß, ein Teil der Natur zu werden. Noch nicht ganz konsequent, zugegebenermaßen.

So musste er sich ja immerhin immer wieder auf-
raffen, musste, ob er wollte oder nicht, Menschen wie
mich nach etwas erfragen, um eben am Leben zu
bleiben. Aber wie wäre es nichts mehr zu brauchen?
Nichts mehr als den Wind, die Sonne und die kleinen
Wellen auf den Kieseln im Wasser? Den sommerlichen
Schlaf auf den Kieseln. Den Schlaf, der sich irgendwann bis ins Unendliche ausgebreitet haben würde.
Irgendwann. Denn jetzt durfte es noch nicht so weit
sein. Jetzt nämlich wollte ich es noch in mir spüren,
das Leben. Auf meiner Haut und in meinen Lungen.

Die Sonne und den Wind.
So saß ich neben ihm bis es kühlerer wurde, bis sich
erste, ferne Sterne zeigten, vom Mond begleitet wie
von einem, der da oben macht wonach ihm der Sinn
steht, der aber zugleich auch die Sterne da sein lässt
wie eben alles da gelassen werden sollte.
An diesem Abend, besser- in dieser Nacht, so ging es
schon auf drei Uhr zu, ging ich nach Hause.

Da gelassen hätte ich auch ihn, den schönen Bettler.
Doch als ich erwachte, war er schon lange fort.
Lange, denn an der Stelle, an der er gesessen hatte,
schlief nun tief und fest ein anderer.

# GLEISGESCHICHTEN

Er stand auf dem Bahnsteig und sah so aus wie ich mir landläufig einen Inder vorstelle - ohne jedoch freilich jemals in die glückliche Lage gekommen zu sein diesem besonderen Land in der Vergangenheit einen Besuch abgestattet zu haben, so dass ich letztlich auf vage Schätzungen angewiesen war. Der „Inder", ich möchte ihn im Verlauf so nennen, war ungewöhnlich groß. Ich schätze ihn (erneut bleibt mir nichts anderes als das Schätzen übrig) auf weit über zwei Meter Körpergröße. Sein Kopf war jedoch im Verhältnis zum restlichen Körper klein, so dass es mich wunderte, warum er ihn so gesenkt hielt – gerade so als ob er ihm eine Last war. Diese Haltung hatte ihm offenbar über die Jahre einen gewissen Buckel eingebracht, nur leicht, eine fragende Auswölbung seiner Hinterseite, die auf der Vorderseite unmittelbar, nämlich mit einer ebensolchen Wölbung, diesmal der eines rundlichen, zufriedenen Bauches beantwortet war. Diesem Mann also begegnete ich, mit einem Koffer und einem gültigen Fahrschein ausgerüstet, als ich den Zug nach Baden-Baden besteigen wollte. Da der Bahnhof, von dem ich abzufahren gedachte, offenbar zu einer Großbaustelle geworden war, hatte man dort vorübergehend einige Männer eingestellt, die nach dem Rechten sehen sollten. Eine Aufgabe des „Inders" bestand so beispielsweise darin die Passagiere über die Gleise zu bringen, eine Aufgabe, der er, stumm und ganz in Orange gekleidet, professionell nachkam, wobei ihm anzumerken war, dass er auf weitaus Größeres hoffte. Was es war, erkannte ich, als der Zug einfuhr.

Gebieterisch erhob er die Hand, wie um den Zug für seine Passagiere zu stoppen. Stolz stand so hell in seinen Augen, dass ich die meinen hinter einer großen Sonnenbrille verbergen musste.

In der grellen Öffentlichkeit gebe ich mich grundsätzlich keinen, auch noch so dezenten. Gefühlsausbrüchen hin. Hätte er wohl ohnehin nicht begriffen, dass ich beinahe weinte, weil mich dieser Stolz, diese seine sichtbare Freude darüber so wichtig und durchaus unentbehrlich zu sein, bewegte.

Auf der einen Seite, weil dieses Gefühl, zu dem der Mensch fähig ist, eben jenes Gefühl ist, was den Menschen erhellt und transzendiert, und allein von daher schon ein Erlebnis für sich ist.

Doch erschien er mir eben deswegen, auf der anderen Seite, auch gerade dadurch wie eine Metapher auf uns alle, auf die große Menschenfamilie. Während er nämlich so stolz dastand, sich sogar mit einem Mal vollkommen gerade hielt in der klaren Überzeugung, eben in jenem Moment den Zug für seine Passagiere gestoppt zu haben, kam eben dieser von allein zum Stehen.

Der badische Schaffner mochte im besten Fall noch lachend, oder empört, seinen bemützten Kopf über diesen Verrückten geschüttelt haben.

Im schlechtesten Fall hätte er ihn gar nicht wahrgenommen.

Es schmerzte mich, denn ich fühlte, dass sich dies, dieses so grundsätzliche Missverständnis, nicht in den großen oder kleinen Inhalten erschöpfte, sondern es vielmehr- in jeder möglichen Form- auf uns alle wies.

Der Inder bestand nun darauf mir den Koffer in den Zug zu tragen, wünschte mir höflich in gebrochenem Deutsch eine gute Reise und pfiff dann dienstbeflissen den Zug ab, welcher auch ohne sein Zutun den Bahnhof verlassen hätte.

Ich setzte mich mit dem Rücken zur Fahrtrichtung, um ihn noch für eine kleine Weile zu sehen.

Groß war er. Groß und klein zugleich, so wie wir alle.

# MEIN BILD

Es war viel zu heiß, um ins Freie zu gehen, so dass ich beschloss stattdessen in meinem neuen Atelier an einem Bild zu malen. Den Hintergrund hatte ich bereits fertig gestellt, ein lichtes Glas befand sich im Vordergrund, wobei ich die Leinwand nun noch um eine Karaffe und um ein weiteres Glas erweiterte. Das Weiß hatte ich bereits angerührt, den kleinsten Pinsel bereitgestellt, um mit einigen winzigen, gekonnten Strichen und einer optischen Täuschung die Illusion eines Glases vor blauem Hintergrund zu erzeugen. Auch das Bordeaux für den Wein war vorbereitet - es konnte losgehen- und es ging los. Nach zwei Stunden standen da ein überzeugendes Glas samt Karaffe, befüllt mit dunkelrotem Wein, sehr dekorativ, mit beinahe kubistischer Form. Ich würde sogar so weit gehen zu behaupten, dass man diesem Wein sogar seine französische Herkunft ohne weiteres ansehen konnte. Man konnte es also drehen und wenden wie man wollte- ich bin mir sicher, Malysz hätte es auf der Stelle in seinem Kunsthaus ausgestellt. Es entsprach, trotz des leichten Anachronismus in der Gesamt-aussage, besonders natürlich durch das Gegenständliche an sich, zudem aber auch durch die Wahl der Farbe und des Materials, dem, was bei Malysz gerade bevorzugt gekauft wurde. Das Bild traf, kurz gesagt, noch immer den Zeitgeist. Wobei… Eine plötzliche Unsicherheit begann mich zu befallen.

Nervös griff ich zur Palette, mischte ein wenig und fügte die rechte Menge an Grau hinzu, um das Ganze doch noch ein gutes Stück kühler und distanzierter erscheinen zu lassen. Nach weiteren zwei Stunden war ich fertig und das Bild sogar bereits getrocknet. Ja, jetzt würde Malysz gar nicht mehr anders können. Und trotzdem. Etwas störte mich. Ich hielt es vor mich hin, besah es von allen Seiten. Es war makellos, und doch gelang es mir nicht auch nur die kleinste Freude zu empfinden. Das hier war einfach nicht mein Bild. Es war höchstenfalls das Bild von Malysz, das Bild dieser Kunstszene, die so genau wusste was en vogue war und was eben nicht. Wenn ich nun dieses Bild nicht war, wenn es nicht ausdrückte was ich ausdrücken wollte, dann, ich konnte nicht umhin mir das einzugestehen, war auch ich eindeutig nicht en vogue. Was soll ich sagen? Es machte mir nichts aus. Im Gegenteil. Und plötzlich überkam es mich: Ich drückte den gesamten Inhalt all meiner Farben auf der großen

Palette aus, presste abwechselnd eine Hand in die Farbe und auf die Leinwand und übersäte somit das distinguierte, kühle Bild mit kunterbunten Händen. Erst als es so aussah, als hätte sich eine gesamte Kindergarten- oder Schulklasse dort verewigt, war ich zufrieden. Die vielen bunten, ungebändigten Hände, all meine Abdrücke, sie hielten und repräsentierten die favorisierte Dekonstruktion von Malysz, die Verneinung dessen, wofür er und seine von sich so überzeugte Clique nun eben einmal standen. Und sie zeigten etwas: Sie zeigten, und sie berührten mein Bild.

## SYMPHONIE DER SEHNSUCHT

Diese neue, experimentelle Musik hat mich sofort mit sich genommen, ich fühlte mich wie in einem Traum; zugleich war es eine Reise ins Unbekannte. Als meine Mutter starb, war ich bei ihr. Ich hatte das Gefühl, dass sie im Todeskampf etwas sah, etwas Unbekanntes vor dem sie Angst hatte, weil es sich vom Vertrauten unterschied. Instinktiv habe ich etwas für sie gesungen, und sie wurde ruhiger, und von diesem Punkt aus, dem vertrauten Lied, startete ihre Reise.

Sie entspannte sich sichtlich und starb nicht lange danach in Frieden. Als ich dieses Stück hörte, dachte ich daran. Ich dachte an eine große Reise mit neuen Welten, neuen Bildern, neuen Klangmustern, die zunächst so unvertraut erscheinen. Wie zum Trost kommen dann die Erinnerungen zurück. Wir hören Mozart heraus, Beethoven, Vertrautes, oft und gern Gehörtes. Wir hören die Variation des Vertrauten noch in einem ähnlichen Modus. Noch vertraut genug. Doch zugleich öffnet sich schon etwas gänzlich Anderes. Die Reise beginnt aber erst, man beginnt es zu ahnen. Tief in sich; leugnen lässt es sich nicht. Das wäre einfach nicht möglich.

Die bekannten Melodien werden in ihren Variationen immer bruchstückhafter, zerspringen unaufhaltsam wie ein zerspringendes Erinnerungsglas. Splitter.

Neue Harmonien entstehen unmittelbar, schwirren umher- eine Reise, ein Traum, ein Aufbruch. Zugleich ein Sog, eine Spirale, höher hinaus. So schnell, man könnte erschrecken, doch beruhigend setzt sich nochmals das Bekannte auf das Neue, schließt es vermeintlich ab. Dann, ohne Vorwarnung: das Nichts.

Ein Tinnitus oder das fast panisch gefürchtete, so unbestechliche  Geräusch im Krankenhaus, wenn ein Leben vorbei ist.

Stillstand. Bruch. Eine Art Klappern. Dann öffnet sich, geradezu sakral, feierlich, erneut etwas. Es ist nichts mehr wie davor.

Man ist nun auf einer anderen Ebene.

Gespannt beginnt man dem Neuen zu lauschen, beginnt es mit sich vertraut werden zu lassen, bezeugt die konsequente Eröffnung neuer Welten, anderer, neuer Klänge. Ab und an noch ein leises Erinnern an die ganz alten Klänge, doch schon längst nicht mehr so leicht zuzuordnen.

Eine Transformation. Sie lässt mich verzaubert zurück.

# DIE TOCHTER DES UHRMACHERS

„Bitte malen Sie hier eine Uhr!" Der Psychologe schob Josefa ein Blatt hin, den Stift hielt sie bereits, und so wie man ihr immer eingeschärft hatte diesen nie aus der Hand zu geben, die Kontrolle nicht abzugeben, hielt sie ihn auch jetzt fest umklammert, während sie sich sehr redlich darum bemühte ein einigermaßen ordentliches Zifferblatt zu Papier zu bringen. Josefa wusste, dass es sich um einen Test auf Demenz handelte, daher gab sie sich besonders viel Mühe, so als könnte sie damit die zunehmende Vergesslichkeit die sich in ihrem jetzigen Leben breitgemacht hatte, wegzeichnen, als wäre alles wieder gut, wenn der Psychologe sie nur loben, und, vielleicht sogar selbst erleichtert, auf seinen Diagnoseblock so etwas wie „nicht dement" schreiben − oder ankreuzen- würde. Doch- aller Anstrengung zum Trotz- es gelang ihr nicht. Bereits die gleichmäßige Einteilung der Zeiteinheiten, durch Seitenstriche angedeutet, wollte nicht gelingen, von den Zahlen ganz zu schweigen. Sie hätte am liebsten geweint, klammerte sich aber stattdessen weiterhin an ihrem Stift fest. Nur nicht die Kontrolle verlieren. Der Psychologe notierte sich etwas und wollte ihr zur Hilfe kommen. „Wie spät ist denn es auf dieser Uhr?" Er zeigte mit ganz fragend hochgezogenen, schrecklich dünnen Augenbrauen auf ein gemaltes Zifferblatt mit einem Stunden- und Minutenzeiger. Josefa fiel es nun noch schwerer sich zu konzentrieren. Was mochte er sich notiert haben? War es nun, da es da auf einem Papier stand, amtlich und somit zur Realität geworden? „Viertel vor drei."

Josefa hatte sich dazu entschieden einfach irgend etwas zu sagen. Etwas, das nach der ganz normalen Beschreibung einer Uhrzeit klang. Vielleicht hatte sie ja Glück, und der Zufall wollte es so, dass die Zeit, die da abgebildet war, und die Zeit, die sie geraten hatte, miteinander übereinstimmten. Der fein geleckte Psychologe schüttelte den Kopf während er einen Haken auf sein Papier setzte. Josefa fühlte Ärger in sich aufsteigen. Wenn jemand etwas von Uhren verstand, dann ja wohl sie! Doch der Ärger fiel, noch bevor er sich so recht entfalten konnte, wieder in sich zusammen und wich etwas Anderem.

Josefa fühlte sich, zu einer jungen, ängstlichen Frau zurückgeschrumpft, in ihren Gedanken gefangen, in einer deformierten, zackigen, mehr an einen Drachen gemahnenden und deformierten Taschenuhr wieder. Sie wusste nicht mehr wie spät es war? Ausgerechnet sie wusste es nicht mehr? Was für eine bittere Ironie.

Josefa nämlich war die Tochter eines bekannten, mittlerweile jedoch verstorbenen Uhrmachers. Längst zeugten nur noch die Uhren von seiner früheren Anwesenheit, gemahnten durch ihre Symbolik an die prinzipielle Vergänglichkeit, ohne damit freilich jedoch etwas grundsätzlich Neues auszudrücken. Doch trotz seines Todes tickten sie ihm noch viele Jahrzehnte nach, in jeder Tonart und jede auf ihre Weise: Seine Uhren und Ührchen. Die Zifferblätter, rund wie die

Schlange, welche sich in den eigenen Schwanz beißt, gaben mehr preis als das, was man auch ohne sie gewusst hätte. Die Zeitmesser tickten und surrten in ihrem Haus, schlugen und knackten, klangen und ratterten. Seit nun beinahe hundert Jahren ging das so. Uhren aus dem 15. Jahrhundert, verschnörkelte Wanduhren, herrliche Zug- und Pendeluhren, Welt-uhren, farbige und einfache persische Wüstenuhren, zumeist auch Sanduhren genannt, Kurzzeitmesser und originelle Skelettuhren, unzählige Regulatoren, einige davon aus Böhmen, gemütliche Englische Kamin-uhren, traditionell dunkle und auch modernere, hell bemalte Schwarzwalduhren in jeder nur erdenklichen Größe mit Variationen bis hin zu Weihnachtsuhren. Es gab Uhren mit lateinischen und arabischen Ziffern, teure Schweizer Uhren mit fast unerschütterlichem Laufwerk, ganz besondere Uhren mit Breguetzeiger, mit Cabochan und Handaufzug, teure Armbanduhren mit Saphirglas, ausgewählte Schmuckuhren mit fili-granem Baguettewerk, speziell für Frauen gefertigt, zahlreiche Savonetten, verzierte und dabei so exquisit gravierte silberne und goldene Taschenuhren für den Herren, der etwas auf sich hielt. Es gab Fliegeruhren, Chronographen, sogar Uhren mit einem integrierten

„ewigen Kalender". Zugegeben: Im Lauf der letzten Zeit waren die meisten nach und nach verstummt. Josefa hatte vergessen sie aufzuziehen, aber das änderte doch nichts daran, dass sie ihr ganzes Leben mit Uhren verbracht hatte. Noch lag ihr das ständige Ticken im Kopf, die beruhigenden Begleiter ihrer Kindheit, die sich da ins Zeug gelegt hatten. Jetzt hingegen gab es wahrlich kaum noch Beruhigendes. Das Gedächtnis zu verlieren war nicht gerade angenehm. Bedrohlich war es, beängstigend wie eine verstummte Uhr, von der man nicht mehr wusste wie sie aufzuziehen war, und die man auch durch bestes Zureden nicht wieder zum Laufen bringen konnte. Ja, es war nicht nur so, dass Josefa in letzter Zeit vergessen hatte ihre Uhren aufzuziehen. Es war nicht nur das. Vielmehr wusste sie einfach nicht mehr wie es ging. Tränen stiegen ihr in die Augen, und der Blick, welchen sie dem jungen Psychologen zuwarf, hatte durchaus etwas Vernichtendes. Es fiel ihr schwer sich nun auch noch mit den anderen Fragen des Tests zu befassen, und voller Verachtung bemerkte sie die billig wirkende Digitaluhr am haarigen Handgelenk des Psychologen. Dieser Banause also würde über sie zu Gericht sitzen. Während er sprach weigerte sich etwas in ihr mit aller Macht ihm zuzuhören. Er sprach und sprach, gleichmäßig wie eine der tickenden Uhren ihrer Kindheit. Währenddessen, noch immer ohne auf die Worte zu achten, spürte sie wie sie ruhig wurde.

Sie sprach nun nicht mehr, sank in sich hinein und verstummte am Ende ganz – gleich einer der vielen schönen und ehrwürdigen Uhren, welche sie in letzter Zeit nicht mehr aufgezogen hatte.

## FREMDE HÄUSER

Mein Haus sehe ich jetzt nur noch von außen. Ich bin zum Nachbarn gezogen. In meinem früheren Haus hat sich etwas ausgebreitet. Das Böse trat Schritt für Schritt ein, breitete sich langsam aus, und im Grunde war es bereits schon viel zu spät, als ich um mich herum erkannte, dass es nun überall zu war.

Missgunst war wohl der Wegbereiter von Anfang an, gefolgt von Schadenfreude und Zerstörungswut.

Mein Blick folgt dem Teil der Straße, die vom alten Haus zum neuen führt.

Ich höre jemanden auf Englisch etwas sagen. Das alte Radio in der Küche funktioniert wohl noch: *This street seems to be a metaphor for the conditio humana. There are few escapes. But as you start seeing and listening with another sense I would say, that all we do here is not even worthy of mention nor should it lead to feelings of pride, guilt or the deceptive sensation of satisfaction for those are echoes, shadows and – let's say: dust. Within it there might be a glimpse and this possibility alone makes me go on. But I know that I will be only a witness - nothing more.*

*Nothing more.* So ganz habe ich es nicht verstanden.

Warum denn auf *Englisch*? Als sei es in einem ganz anderen Land? Tatsächlich erschien es mir genau so. Nicht nur, dass das neue Haus eine ganz andere Atmosphäre, eine andere Ausstrahlung hatte als das alte. Darüber hinaus befand man sich tatsächlich in einer anderen Welt. Der boshaften, kleinwüchsigen Frau mit den Teufelsaugen, welche gegenüber, noch im alten Haus, wohnte, war es gelungen die gesamte Aura bis in die Mauern hinein zu vergiften. Sicherlich würde man es nicht glauben, hätte man es nicht selbst erlebt. Wie eine zutiefst zerrüttete, endlos böse Fabelgestalt, zusammengeflickt aus dämonischen, gezackten Jammer- Fetzen der reinen Boshaftigkeit- eingesperrt in einen viel zu kleinen Körper, und darauf aus sich zu weiten- egal wie. Zunächst war sie in die Breite gegangen, hatte ihre Masse verdichtet, doch zu wenig war es der Ehrgeizigen. So hatte sie sich nach und nach auf alles und jeden in diesem Haus gesetzt. Würde es *bis hierher* reichen, bis in mein neues Refugium hinein? Der Gedanke daran gefiel mir nicht, wie hätte er auch? Ich beschloss daher all die Schutzgeister der Verstorbenen um mich und um dieses neue Haus zu versammeln. Einer von ihnen begegnete mir später im Traum und versicherte mir, dass die Toten aufgehört hätten zu beten. Es war zu spät. Für alles war es zu spät. Hell und in grausamer Gleichgültigkeit zeigte sich ein sauber geleckter, sozusagen entleerter Himmel vor weißem Rahmen. Mein Rahmen war zerbrochen. Befreite mich das nun?

Höher wohne ich hier als zuvor. Das alte Haus von außen zu sehen war ein wenig so, als sähe man sich selbst von außen. Ebenso wie es einem in so mancher überlieferter Nah-Todeserfahrung erklärt wird.

Der Effekt wird dadurch verstärkt, dass ich mich nun tatsächlich höher befinde, was das Schwebende geradezu perfekt unterstützt.

Hinten im dicht und wild bewachsenen Garten stehen Weißtannen, im Keller vermute ich Gift, und in dem Vogelhäuschen turnt ein Eichhörnchen. Es ist das

Haus des jüngst verstorbenen Tierarztes, und für einen Moment bin ich versucht in seiner alten Praxis, die im Keller liegt, nach etwas zu suchen, was mich vom Leben in den Tod befördern könnte. Doch werden nur Rindereinläufe und alte Schläuche, leere Spritzen, vergilbte Karteien und allerlei scharfe Salben auf mich warten. Merkwürdige Zangen dazu und beängstigend alte Saugglocken. Kein erlösendes Gift also. Dafür hängt das Eichhörnchen kopfüber.

# TAUBENBLAU

Sie saß vor mir und sah dabei zu gleichen Teilen bekümmert und harmlos aus. Ihre hellblaue Bluse mit Stickerei am Kragen verlieh ihr die Ausstrahlung einer älteren, biederen Dame, wenngleich sie selbst, laut ihre Personalausweises, die 50 erst recht knapp überschritten hatte.

„Ich habe meinen Mann getötet", gab sie leise zu Protokoll und knetete dabei in ihrer Hand ein mit feinen, hellblauen Stickereien verziertes weißes Stofftaschentuch mit ebenfalls eingestickten Initialen. Durch die stete Bewegung der Hände konnte ich die Initialen nicht genau erkennen, konnte sie jedoch anhand des Ausweises, der vor mir lag, erahnen. E.B. Erika Breitmann. „Er ging mir so furchtbar auf die Nerven", erläuterte sie ihre scheußliche Tat mit geradedezu entwaffnender Naivität. „Diese ständig gepresste Stimme und sein Geruch.". Fast unmerklich schüttelt sie sich ein wenig, und als quäle sie allein der Hauch der Erinnerung an diesen Menschen, dem sie mit einem gezielten Schlag auf den flachen Hinterkopf unversehens ins Jenseits befördert hatte. „Ich wollte das gar nicht unbedingt", räumte sie ein, und ich machte mir heimliche Vorwürfe, weil ich sie nicht darauf hingewiesen hatte doch lieber erst nach Absprache mit ihrem Anwalt solche Aussagen zu tätigen.

„Er benutzte auch immer so hässliche Worte!"

Vermutlich war sie Lehrerin, dachte ich mir. Sicherlich war es für den Mann auch nicht leicht. Unweigerlich stieg das Bild meiner strengen Deutsch- und Geschichtslehrerin, Frau Wiegand, in mir auf. Ächzend schob ich das innere Bild zur Seite, um mich wieder ganz der unversehens zur Mörderin gewordenen, etwas bedrückten Dame zu widmen. Dass sie bedrückt war, ließ sich durch diese offenbar recht problematische Beziehung zu ihrem (nun ehemaligen) Ehemann erklären. Ich machte mir entsprechende Notizen und fühlte mich mit einem Mal denkbar ungeeignet, nicht professionell genug um, diesen Fall mit der nötigen Distanz zu bearbeiten. „Breitmann, wo bleiben Sie?" Mein Vorgesetzter. Klar wird er mir den Fall entziehen, und Sie, liebe Leser, werden vielleicht das Gleiche tun. Denn, wie soll ich das nun am besten auflösen?- Ganz ehrlich bin ich von Anfang an nicht zu Ihnen gewesen. Ich hoffe auf Ihre Nachsicht. Ein wenig traumarisiert war ich nämlich schon. Die Frau mit der hellblauen Bluse, die menschliche Taube- wie soll ich es am besten sagen? Es gibt wohl keine gute oder keine schlechten Wege. Also mache ich es kurz. Der Tod des Mannes ließ mich nicht kalt, obgleich er auch mir gründlich auf die Nerven gegangen war.

So sehr, dass ich sehr früh ausgezogen bin. Diese Frau, ja, ich gebe es zu, sie ist tatsächlich Lehrerin. Ich habe nicht geraten, ich habe es gewusst. Sie ist nämlich... Frau Erika Breitmann, ist meine Mutter.

Später, ich war zu meiner, und zur Erleichterung Frau Erika Breitmanns, bereits im Feierabend, passierten ganz merkwürdige Dinge. Der Bahnhofsvorplatz quoll über vor Polizeifahrzeugen und Rettungswägen. Die großen, die Kastenwägen, dazwischen die kleineren. Eine brünette, mütterlich wirkende Kollegin hielt mit dem Maschinengewehr selbstbewusst auf mich zu. Eine Feuerwehrsirene bewegte sich rasend schnell durch die Stadt. Zu Sehen war gar nichts, doch das Geräusch durchdrang alles in mir. Schnell entschwand ich der Mündung des Maschinengewehrs. Das gelang mir weitaus besser als es diese bedrohliche An-sammlung hätte vermuten lassen. Doch querte ich hernach ausgerechnet die Hauptstraße, auf welcher, zusammengekrümmt eine Bettlerin saß. Gerne hätte ich ihr Geld gegeben, und sei es nur, um mir ihr Lächeln für den Bruchteil einer Sekunde zu erkaufen. Doch trug ich nicht einmal eine Tasche bei mir. Sie sah mir nach, erhob sich und folgte mir. Später sah ich sie in einem Trödel-Laden eine Tasse kaufen. Die Sirene ging noch immer und ich dachte an meine Mutter. Taubenblau. Ein Schwarm überflog mich kreischend. Können Tauben überhaupt kreischen? Vermutlich schon. Seit heute denke ich nämlich, dass es absolut nichts gibt, was es nicht gibt.

## NEUMANNS TRAUM 3

Noch vor ihrem ausnehmend seltsamen Tod, der dem Leser möglicherweise schon vertraut gemacht wurde, (so fand sie diesen, während sie die Mülleimer der Nachbarn durchstöberte, wobei dies glaubwürdig vom dunkel befellten Hauskater Malefiz bezeugt werden konnte), brachte ich sie immer wieder mit den Dingen in Verbindung, welche mit Hausputz oder Entsorgung einhergingen. Sie selbst nannte sich dreist eine „Hausmeisterin", war aber von niemanden offiziell in einen solchen Stand gesetzt worden, was sie freilich nicht störte. Sie machte alles so wie sie es gut fand. Widerworte empfand sie als etwas persönlich zutiefst Beleidigendes, so dass man es im Haus bereits aufgegeben hatte gegen sie zu opponieren- hätte es einem doch nur das letzte bisschen Lebenskraft entzogen, welches man sich nach so vielen Jahren unter einem Dach mit ihr noch aufgespart hatte. Fußmatten tauschte sie nach Belieben aus, da diese sie beim Putzen störte. Auch dies kann Malefiz gewiss bezeugen, da er sich eine kleine, nun täglich von ihm frequentierte Höhle aus gänzlich unsachgemäß entsorgten, aber fein riechenden Fußmatten gebaut hatte. Ein anderes Mal, hier weiß ich nichts von einer möglichen Zeugenschaft der Katze, war die alte Neumann in unseren Keller eingedrungen um ...nun ja, lesen Sie es an anderer Stelle nach. Denn heute geht es um nichts Geringeres als die gelben Säcke.

Die gelben Säcke hingen, unter Neumanns eiserner Regie, neuerdings just am Abend, bevor sie abgeholt werden sollten, gleich unglücklichen, da erhängten politischen Häftlingen, beklagenswert schlaff nebeneinander am Gartenzaun, was ein wahrlich entsetzliches Bild bot, sich in seiner Grausamkeit jedoch auf unser Haus beschränkte. All die anderen fahlgelben Säcke der Nachbarn hatten sich zu kleinen, fast pittoresk anmutenden Grüppchen auf dem Gehweg eingefunden, lediglich leicht grotesk aneinandergeschmiegt wie frierende Heimatlose, die sich ein wenig aneinander wärmten.

Eines Abends, ich ging davon aus, dass Frau Neumann längst schlief, und sich die Rebellion in mir regte, befreite ich unsere gesammelten Plastikmüllsäcke auf einen Schlag, hängte sie vorsichtig nacheinander vom Zaun ab, die Kleinsten zuerst, und platzierte sie behutsam, beinahe zärtlich, nebeneinander.

Mit einem vernehmbaren Seufzen näherten sie sich einander an, und von weitem, ich hätte es schwören können, tuschelten sie sich gegenseitig knisternd im leichten Abendwind, welcher der stickigen Hitze gewichen war, etwas zu.

Etwas, was, wie es zu vermuten ist, eine gewisse Erleichterung zum Inhalt haben mochte.

Zufrieden trat ich meinen nächtlichen Spaziergang an, um dann, beim Nachhausekommen, entsetzt festzustellen, dass die Säcke wieder an ihrem alten Platz hingen. Die Kleinsten nur gar kopfüber und doppelt verschnürt. Frau Neumann hatte sie wieder der Höchststrafe zugeführt, und ich konnte nichts anderes machen als noch zwei, drei Stunden zu warten, dann abermals nach unten zu schleichen, um die Säcke- ein für alle Mal zu befreien.

Mit einem Messer schlitzte ich sie an der Seite vorsichtig auf. Klackernd gaben sie ihren Inhalt preis, der verräterisch auf den Boden kullerte und bauschten sich kurz darauf so heftig im Wind, bis ich wusste, dass es nur eine Frage der Zeit sein würde, bis sie sich selbst vom Zaun befreit haben würden.

Wie kleine Herbstdrachen würden sie hoch und übermütig durch die Gassen treiben - vollkommen unmöglich wäre es der alten Neumann hierbei sie jemals wieder zu erhaschen.

# Das alte Schwarzwaldhaus

Vom Zug aus konnte ich es nach dem dritten Tunnel sehen, diese uralte, verlassene Schwarzwaldhaus, trostlos wirkend, wie alles, was man im Stich gelassen hatte. Über die Jahre sah es immer noch ein bisschen schäbiger und verwahrloster aus, und doch sah ich nicht weg- bei keiner meiner Fahrten.

Unweigerlich stiegen Fragen in mir auf, Fragen, welche die Vergangenheit dieses Anwesens betrafen. Wie vielen Generationen hatte es Raum und Schutz gegeben? Wie viele sahen seine Dielenbalken, nachdem sie das Licht der Welt, wie man so sagt, erblickt hatten, und wie viele traten von eben diesen Dielenbalken aus ihre letzte Reise an? Wie war das Leben in den damals so harten, schneereichen Wintern gewesen, wie die Sommer? Ich glaubte Kinderlachen und Greisenweinen zu hören - ebenso wie mir natürlich auch das sich daran anschließende Kinderweinen und Greisenlachen eine logische Konsequenz zu sein schien, welche sich unmittelbar aus dem Leben in diesem Haus ergeben haben musste. Jahrzehnt um Jahrzehnt zog an mir vorbei, wurde zu einem großen Zeithügel, der sich zäh und un- antastbar, unabtragbar und somit scheinbar un-

71

verletzlich, wenngleich in seiner Schwere monströs, präsentierte. Umso unglücklicher betrachtete ich es an einem der ersten Frühjahrstage, denn vollkommen ausgebrannt, mit rabendunklen Flanken stand es- unsicherer als sonst, und doch entschlossen seiner Tilgung noch entgegenzuwirken. Oder etwa nicht?

Wäre es nicht viel eher eine Erleichterung wieder zurückzukehren, wieder zu Wald zu werden?

Von diesem Tag an schlug ich die Augen nieder, wann immer die Bahn das alte Haus durch seine Fenster den Mitreisenden preisgab.

# Worte

*Ein Mensch ist nicht tot, wenn man sich stets mit einem Lächeln an ihn erinnert.* Auch Hilda M. hatte diesen schönen Spruch bereits mehrfach in ihrem Leben gehört. Jetzt, wo sie so schwer erkrankt war, gaben all diese Trauersprüche ihr eine neue, eine besonders dringliche Bedeutung. Menschen -der Kontakt mit ihnen fiel ihr nicht leicht. Die wenigen Ausnahmen bildeten eine erleichternde Ausnahme, so wie der freundliche Psychologe, welcher ihr in der Krebsnachsorge immer so aufmerksam zuhörte und der stets die richtigen Worte fand. Hilda ertappte sich bei so manchem inneren Zwiegespräch mit ihm, und bald kam es ihr so vor als sei er der einzige Mensch auf der Welt, dem etwas an ihr lag. Er war der erste, dem sie ihre gesammelten Gedichte in einem Buch präsentierte. Seine Begeisterung und sein Wohlwollen weckten in ihr den Wunsch noch viele weitere Gedichte zu schreiben. Gerade auch für ihn. Dieses Buch kopierte und schickte er mir, bat mich sogar Hilda eines meiner Bücher zu schicken. Von Kollegin zu Kollegin, sozusagen. Das machte ich sofort, und sie bedankte sich mit einem langen Brief. Solche Briefe erreichten auch ihn- und erst nach ihrem Tod, im Sommer des gleichen Jahres, erfuhr ich von ihm, dass er keinen dieser Briefe je beantwortet habe. „Ich schreibe doch nicht so gerne", hatte er mir erklärt. „Aber sie werde ich nun immer mit einem Lächeln in

Erinnerung behalten." Ich hoffte mich verhört zu haben und brach zu einem abendlichen Spaziergang auf, um meine Gedanken zu ordnen. Es gelang mir nicht. Warum hatte er sie so im Stich gelassen? War das Lächeln, mit dem er sich an sie erinnerte, nun eher ein Hohn für sie? Ich lief schnell.

Es war eine schöne, warme Sommernacht. Noch war von Nebel, Sturm und Dunkelheit nichts zu erahnen- wobei letztere eine mögliche Erklärung für das hätte bieten können, was sich während dieses Spaziergangs ereignete. Ich hörte nämlich eine Stimme. Klar und deutlich. Eine fremde, weibliche Stimme, die nur einen einzigen Satz sprach. Weit und breit war niemand zu sehen.

Der Satz war wie ein im Traum gehörter Satz, aus dem Nichts kommend, ins Nichts gehend. Während ich nun also gerade dabei war mir zu überlegen, ob das Lächeln, mit dem mein Bekannter sich an sie erinnerte, nun wohl nur noch ein Hohn sein könnte, da antwortete diese Stimme ganz klar und ausreichend laut: „Nein, kein Hohn!" Komischerweise erschrak ich nicht.

Klar heraus möchte ich sagen, dass es, meiner Betrachtung nach, der größten Wahrscheinlichkeit nach schlichtweg der Geist der jüngst Verstorben war, der zu mir sprach, Der Geist, der erkannt hatte, was hinter einem Schweigen alles stecken kann. Dass nämlich hinter jedem Schweigen so viel stecken kann wie hinter jedem Wort, und dass sie das rechte Wort erreicht hatte. Von dort aus, wo sie nun war, erkannte sie alles klarer.

Selbst ein schüchternes Lächeln wird ihr wohl noch ein wenig strahlender als üblich erschienen sein.

Ich behielt all das für mich, denn auch hinter meinem Schweigen verbargen sich Worte. So viele, dass ich gar nicht erst damit anfangen mochte zu sprechen.

Denn wer weiß schon wo das sonst noch alles endet.

## In Corpus Christi

Der Bettler, der ihnen in der Kirche einen offenen Schuh zeigte, (an der Sohle kompromisslos durchgewetzt um mit nur einem Gegenstand symbolisch auf seine Armut zu verweisen) erregte ihr Unwohlsein, nicht aber ihr Mitgefühl. Henrike und ihr Wolfgang wussten nicht, ob sie ihren Blick abwenden sollten oder nicht.

In der gesamten Stadt fühlten sie sich bereits schon den ganzen Tag als Touristen von Bettlern gejagt, und der edle Bibelvers, wonach man das, was man dem Geringsten seiner Brüder getan hätte, habe man ihm, dem Herrn selbst getan, schien nun inflationär. Ein Jesus hier und in Jesus dort, das Elend und die Armut im Gesicht, in der Kleidung, in den filzigen, langen Haaren, den fehlenden Zähnen, den gedunsenen Gesichtern. Er war in der schwer gebückten Körperhaltung, in jedem Hinken, in der säuselnden bis durchaus fordernden, brüchigen Stimme eines jeden. Wo sollte man noch hinsehen? Wo konnte man noch hingehen?

Wurde man nicht gerade in der Kirche ganz besonders zum Heuchler gestempelt, wenn man gerade hier, im Haus Gottes, nichts tat als die Fresken zu besehen, gegen einen gewissen Obolus ein kleines Lichtlein für die Daheimgebliebenen zu entzünden und dabei die Erhabenheit des Bauwerkes zu bewundern?

Ach, bei allen Heiligen- wüsste man es doch! Wüsste man es doch besser! Henrike kam die Idee alle Kerzen am Opferstock zugleich zu entzünden, gleich dem Mädchen mit den Schwefelhölzern, so dass sich all die Elenden dieser Stadt hier wärmen könnten.

Immerhin ging von den Kerzen, insbesondere in der Masse, eine gewisse Wärme aus. Sie zückte einen 20-Euro Schein und ruhte nicht, bis sie jede noch verbliebene Kerze zum Leuchten gebracht hatte.

Der Mann mit dem Schuh gab ihr mit einer un-
höflichen Geste zu verstehen was er von ihrer
Christentat hielt. Doch das konnte sie nicht aus der
Ruhe bringen. In ihren Augen war er in einem solchen
Falle dann eben einfach keiner der Brüder Jesu.
Woher sollte man das denn vorher wissen? Henrike,
die von Natur aus zum Pragmatismus neigte, packte
den Mann leicht am Ärmel und schob ihn vor all die
Lichter. Sie sah zu ihrem Begleiter hinüber, der
sogleich wusste was zu tun sei. Er würde dem Bettler,
der derweil noch vom Lichterglanz und ihren Fragen
abgelenkt war, auf dem Markt vor der Kirche ein paar
gute, handgearbeitete Lederschuhe kaufen. Dehnbar.
Die genaue Größe war ja keinem von ihnen mitgeteilt
worden. Doch Wolfgang verstand sich ganz gut auf
das Schätzen. Auch auf das Feilschen verstand er sich.
Und so begab es sich an dem Tag, dass Henrike und
Wolfgang dem Bozener Bettler ein neues paar Schuhe
schenkten, während diesem, vom intensiven Kerzen-
schauen und von Henrikes Fragen, seine Familie be-
treffend, schon ganz schwummrig geworden war.
Sie hatte herausgefunden, dass er keine Familie mehr
besaß, war daraufhin zu der Entscheidung gekommen
ihm ihren gesamten Tagessnack samt blauer Design-

Plastikboxen zu überlassen (belegte Käsebrote und kein geschnittene Apfelschnitze, Pflaumen und dazu etwas Schokolade in Form von Schnapspralinen).

Mehr Mitmenschlichkeit, fand Henrike, konnte man von Touristen an einem gewöhnlichen Montag in der Bozener Innenstadt einfach nicht erwarten.

Wolfgang fand das auch, und doch erwärmte es auch ihm, sogar ohne seine Pralinen, das Herz, als er sah, dass immer mehr Bettler zu dem Opferstock liefen, den Henrike so zum Leuchten gebracht hatte.

Immerhin war es bereits Herbst und da ist jeder, ich vermute wirklich jeder, einfach froh über ein bisschen Wärme und über in bisschen Licht.

## SCHERBEN IN MOLL

„Es ist aber Glas, es kann daher brechen", hatte er mir geradezu prophetisch zugeflüstert, während er die gerade für mich gekaufte Kette samt Anhänger aus venezianischem Glas vorsichtig um meinen Hals legte, wobei er meine Freude vorausschauend bereits jetzt ein wenig abbremsen wollte - wissend, dass sie in nicht allzu ferner Zukunft so zerbrechen würde wie er es auch diesem Glasanhänger unterstellte.

Doch sagte ich mir, kannte er mich in jener Hinsicht schlecht.

Wie einen Augapfel würde ich ihn hüten, diesen Anhänger- selbst wenn meine Freude brechen würde, dieses Schmuckstück mit Sicherheit nicht.

Sofort schloß ich sie meine Hand vorsichtig um den Anhänger um damit meine geballte Entschlossenheit zu demonstrieren. „Spielst du mir noch etwas vor?" Ich erinnere mich an diese Frage und auch daran, dass er kurz davor war sie zu verneinen, weil es in einem Hotelzimmer nicht un-bedingt angebracht ist auf einer Klarinette zu spielen.

Doch dann entschied er sich um. Ich kannte den Grund. Bald würde er nicht mehr spielen können.

Ich kannte die Diagnose des Arztes. An diesem Abend sah ich ihn ein letztes Mal für mich spielen, während ich den Anhänger aus Glas noch immer mit der Hand umfasst hielt.

Wir sprachen von den Kindern, die wir nie haben würden und er beschrieb sie mir dennoch so liebevoll und genau, als sähe er sie jetzt, in diesem einen Augenblick deutlich vor sich.

Wir küssten uns lange und weinten dabei.

Danach, als ich längst wieder in Deutschland war, und wir telefonierten, spielte er mir noch einige Male auf der Klarinette vor, doch sah ich ihn dabei nicht mehr, sah nicht das Glück in seinem Gesicht wenn er spielte, sah dann, auch wenn ich sie erahnen konnte, die zunehmende Qual ebenfalls nicht.

Schließlich spielte er nicht mehr.

Wir sprachen viele Stunden miteinander, erzählten uns alles, sogar all unsere Träume.

Als er schließlich noch nicht einmal mehr sprechen konnte, wählte er dennoch meine Nummer und ich die seine, da wir uns auf diese Art nahe waren. Ein Traum bewog mich, ihn noch einmal sehen zu wollen.

Ich arrangierte schnell einen Flug und buchte ein Hotel unweit des Krankenhauses in dem er lag.

An jedes Detail des Tages an dem zwei Dinge brachen, erinnerte ich mich.

Als hätte er es genau gewusst.

Woher sein prophetisches Wissen kam, wusste ich nicht.

Ich wusste nicht einmal, wie ich mein zerbrochenes Glück überleben sollte.

In der gleichen Stunde in dem das Leben ihn mir nahm, berührte ich mit einer zu schnellen und zugleich ungeschickten Bewegung meines unteren Arms das Schmuckstück, welches sich auf der kleinen Ablage vor meinem Schlafzimmer befand.

Es fiel mit einem ganz schrecklichen Geräusch auf den Steinboden, nur wenige Millimeter vom rettenden, weichen, weißen Teppich entfernt, und zerbrach.

Zwei Stunden später wurde ich durch das Krankenhaus in Padua von seinem Tod in Kenntnis gesetzt.

Das Glas wieder zusammenzukleben kam mir nicht in den Sinn.

Warum? Es wäre ja ohnehin immer nur ein sehr oberflächliches Zusammenfügen geblieben.

All meine Freude war jäh zerbrochen- ebenso wie das

venezianische Glas. Wie hätte man das durch sinnlose Reparaturen leugnen wollen?

Zur Beisetzung war ich in Padua, war bei ihm.
Von Band spielte er selbst die Trauerlieder, was merkwürdig war.

Doch in dem einen Moment, in dem seine Klarinette ansetzte zu spielen wusste ich, dass – irgendwann – aus all den zerbrochenen Teilchen - ein großes, ein ganzes Teil werden würde.

Der Klang der Klarinette trug mich wie ein Vogel durch die Zeit.
In der Tasche spürte ich mit den Fingerspitzen, mit eben denen, welche ihn immer so sanft gestreichelt hatten, die kleinen, scharfkantigen Teile meines venezianischen Glases.

Sie warteten dort, wie ein kleines Mosaik, darauf Teil des Ganzen zu werden.

Zumindest kam es mir in jenem Augenblick so vor.
Dann vergaß ich zu denken.

Die Klarinette trug mich sanft und leicht, traurig und schwer, ganz stetig mit sich fort.

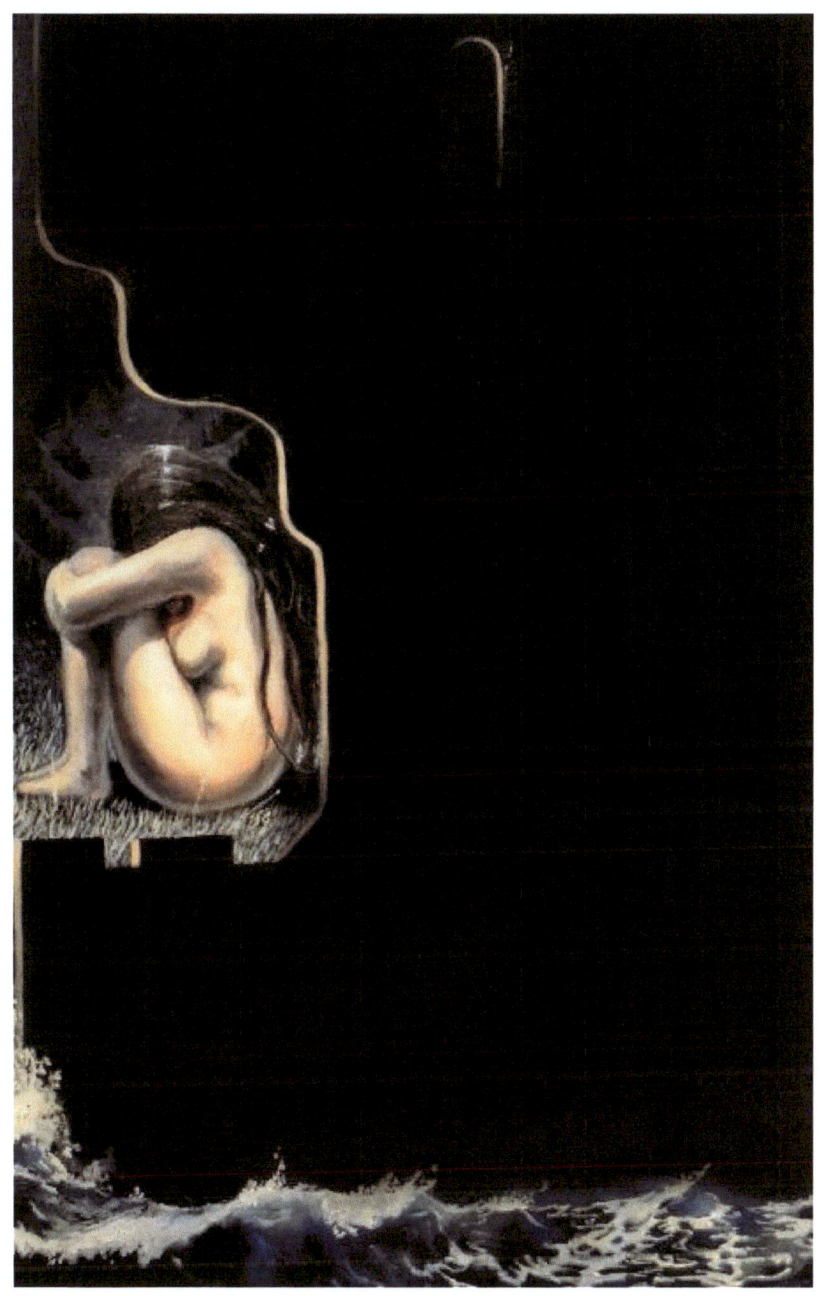

## FAMILIE AUS STOFF

Heinrich P., das „P." habe ich nur verwendet, um ihm den Anschein eines Menschen zu geben, der durchaus über einen, wenngleich auch sehr abgekürzten, Nachnamen verfügt. Immerhin verweist dieser auf die grundsätzliche Anwesenheit eines solchen und würde, im Falle einer genaueren polizeilichen Überprüfung des guten Mannes, sicherlich zu weniger Komplikationen führen als es wohl der Fall sein dürfte, wenn man ihn nur Heinrich nennen müsste.

Auch die polizeiliche Überprüfung habe übrigens ich nur verwendet, um ein Beispiel dafür zu geben, dass es in diesem Land von Vorteil ist seine sieben Sachen, und eben auch seinen Nachnamen mit sich zu tragen. Dass Heinrich nämlich von der Polizei als Bedrohung wahrgenommen, und daher auch nur angesprochen werden würde, ist, ich möchte ehrlich zu ihnen sein, eher unwahrscheinlich.

Heinrich nämlich trug stets ein T-Shirt, welches ihn als ein arbeitendes Mitglied der Lebenshilfe auswies und auszeichnete. Sein Blick hinter den dicken Brillengläsern war zu vorsichtig, als dass er es gewagt hätte damit einem MENSCHEN ins Gesicht zu blicken.

Oft, sehr oft, fragte ich mich was Heinrich in seinem Leben wohl alles durchgemacht haben musste, und welches seine schlimmen Erfahrungen mit Menschen gewesen sein mochten, da er sich für eine andere Familie entschieden hatte - *keine* Familie, die aus Menschen bestand, wohlgemerkt. Seinen Namen habe ich nur durch Zufall mitbekommen, eben als eines seiner gewählten Familienmitglieder, ein naturgraues Schäfchen, ihn bauchrednerisch, gewissermaßen, mit eben diesem Namen ansprach. Tags darauf war es ein kleiner Stofflöwe, den er fest an sich gepresst hielt und dabei ein wenig streichelte. So sehr fühlte sich Heinrich wohl zu diesem kleinen Löwen hingezogen, dass ihm Tränen vor Rührung in den Bart tropften und seine Brillengläser beschlugen. Am nächsten Tag sah ich ihn mit einem anderen Stofftier. Ein kleiner Spitz. Auch ihn trug Heinrich sehr vorsichtig mit sich umher, wobei er sich ein wenig an ihm festhielt. In den kommenden Tagen sah ich ihn mit immer wechselnden Tieren, einmal ein Äffchen, dann eine Eule und schließlich ein Bär. Jedes von ihnen wurde von Heinrich mit größtem Respekt und mit all der Liebe behandelt, zu der er fähig war. Offenbar eine Menge, wie ich fand. Da ich wusste, dass er

Menschen mied, man musste nur ein wenig genauer hinschauen, versuchte ich erst gar nicht seine Bekanntschaft zu machen. Zu sehr hätte ihn das erschreckt; dessen bin ich mir sicher. Einmal, ich war gerade mit meinem Bekannten in der Stadt unterwegs, wurden wir entsetzt Zeugen davon, wie Heinrich wegen seiner Tiere, wohl auch wegen seiner gesamten Erscheinung, von einer Horde Kindern laut ausgelacht wurde.

Eines warf mit Süßigkeiten auf ihn. Sein ganzer Körper nahm sogleich zitternd eine gebückte, elend- gedrückte Schutzhaltung ein. Er ging vor den vielen süßen Geschützen in Deckung, und sein Gesicht verzerrte sich sofort zu einem ängstlichen Etwas.

Noch mehr hielt er sein Tier, heute war es ein kleines Kätzchen, an sich. Tränen der Wut schossen mir in die Augen, doch mein Bekannter hielt mich zurück.

„Du brauchst nicht dazwischen zugehen. Er braucht Deine Hilfe nicht. Dein Mitleid auch nicht. Er schafft das!" Tatsächlich. Mein Bekannter konnte wohl in die Zukunft sehen. Die Gesichtszüge Heinrichs glätteten sich wieder, er sah einfach durch die Kinder hindurch, streichelte dem hellbraunen Kätzchen sanft den Kopf, dann die Ohren und lief, unbehelligt, auf den Park mit den großen Kastanienbäumen zu.

Die Kinder schwiegen nun, einige kauten gierig oder gelangweilt auf den letzten Süßigkeiten herum, die noch in der Tüte waren und nicht als Geschoss gegen Heinrich eingesetzt worden waren. Ein Auto hupte laut und aufdringlich in der Ferne.

In meinem Kopf gingen die Gedanken ganz wirr durcheinander, und ich überlegte mir, ob so ein Kätzchen vielleicht auch etwas für mich sein könnte.

# WINTERWENDE

So lange scheint es gar nicht her zu sein, dieses Frühjahr, in dem mir Lilly eine Blume gezeigt und mir gesagt hatte, dass hier eine Blume geboren worden war. Sie war mir immer wie ein magisches kleines Wesen erschienen, so winzig und verträumt. Man konnte nicht sagen, dass sie nicht in diese Welt gepasst hätte. Denn das tat sie. Sie passte nicht nur hinein – sie machte sie vielmehr schöner. An manchen Tagen erschien mir allein ihre Existenz der einzig nachvollziehbare Grund zu sein, warum wiederum mir selbst das Leben so schön erschien. Durch ihre Augen war es das und sie zog mich in all ihre großen und kleinen Wunder mit hinein – und das mit einer Vehemenz, die wohl nur Kinder noch aufzubringen imstande sind. Einmal trug sie einen toten Maulwurf in ihren zarten, weißen Händen heran und selbst der im Grunde unschöne Akt, diesen bereits der ersten Verwesung anheimgefallenen Maulwurf zu begraben, wurde an ihrer Seite zu einem echten Erlebnis. Sie nannte ihn „Braunschnäuzchen" und legte großen Wert auf eine feierliche Beisetzung.

Sie brachte alles an: verletzte Vögel, Schnecken, Käfer. Es schien fast nichts zu geben vor dem sie Angst haben könnte. Lediglich Eulen fürchtete sie. Ich weiß nicht warum, doch sie behauptete oft, dass Eulen in der Nacht durch ihren Rollladen schauen könnten.

Lilly liebte es, Märchen zu hören. Doch die Geschichte der kleinen Seejungfrau gefiel ihr nicht.

Ich erinnere mich daran wie sie sagte, dass sie niemals ihre Stimme für einen Prinzen würde weggeben wollen. Geradezu entsetzt hatte sie gefragt, ob denn ich so etwas jemals machen würde.

Um sie zu beruhigen hatte ich ihr, ohne jedoch zuvor hinreichend gründlich über diese Frage nachgedacht zu haben, zugesichert, dass auch ich in diesem Fall einen anderen Prinzen für mich ausgewählt hätte.

Erleichtert hatte sie mir beigepflichtet: „Ja, einen mit ´ner Flosse!" war ihre ebenso weise wie pragmatische Antwort gewesen. Was hätte ich gemacht? Schwer zu sagen. Doch für Lilly war der Fall überaus klar.

Das Pragmatische stand dabei keinesfalls in einem Gegensatz zu ihrem Sinn für die Magie. Zu diesem Zeitpunkt ihres Lebens zumindest, noch nicht. Als sie erwachsen wurde und zum kalten Beginn des letzten Jahrzehnts fortging, konnte ich mich nicht mehr länger auf ihre Einschätzung der Lage verlassen. Vielmehr musste ich beginnen, mir selbst Gedanken zu all den Dingen zu machen, auf die Lilly so schnelle und präzise Antworten gewusst hatte.

Es war weitaus schwieriger als ich befürchtet hatte. Aber eines nachts im März, ich war aus dem Schlaf hoch geschreckt da ich mir sicher war, von einer Eule durch den Rollladen beobachtet worden zu sein, wusste ich alle meine Fragen mit einem Mal beantwortet. Erzählt habe ich niemandem davon.

Eulen sind nicht nachtragend.

Doch schätzen sie Geschwätzigkeit zu keiner Zeit.

## VOM WIND IN DER FICHTE

Nein, meine Geschichte ist nicht so spektakulär wie die, in welcher es um den Wind in den Weiden geht. Sie hat außer dem Wind auch gar nichts mit dieser Geschichte zu tun, wobei ich andererseits davon ausgehe, dass auf eine merkwürdige Art, die wir jetzt noch nicht verstehen, jede Geschichte im Grunde mit der anderen zu tun hat. Doch das steht auf einem anderen Blatt. Bei mir geht es nur um den Wind in einer Fichte. In der Fichte, die mich am Leben hält. Sie steht dort schon länger als man gemeinhin weiß.

Um es herauszufinden, müsste man sie fällen, doch nur ein Unmensch wäre zu so etwas fähig.

Daher steht sie noch immer direkt neben meinem Schlafzimmer und immer dann, wenn ein leichter Wind durch sie hindurchzieht, scheint sie mir auf ihre Weise etwas mitteilen zu wollen. Es ist so als wolle sie mir sagen, dass nichts so schlimm sein könne was nicht ein leichter Wind in den Zweigen wieder zu richten vermöchte. Vögel sitzen in ihr, Eichhörnchen und Sonnenstrahlen. Die Fichte ist der Mittelpunkt einer Familie. Ich weiß, das klingt wie ein Märchen, von daher ist es vermutlich eben doch mit dem Wind in den Weiden verwandt, und man mag es in solcher

Form nicht ohne Weiteres glauben. Doch ist es so. Ich versichere es. Es ist die glücklichste Familie, der ich je begegnen durfte. Wobei mir durchaus klar ist, dass ich die meisten der Familienmitglieder noch nicht einmal kenne. So klein sind sie. Und doch gehören sie alle, alle dazu. Die Fichte weiß das. Deswegen trotzt sie Dürre, Sturm und Schnee. Nachts ruht der Mond in ihren Nadeln. An manchen Stellen ist sie braun, sind ihre Nadeln trocken, so als kündigte der Tod sich bereits ein wenig an. Ich gieße dagegen an, so gut es geht, doch weiß ich, dass mein Einfluss ein begrenzter ist. Doch, zu meinem Glück, wenige Stellen sind es- bei weitem übertroffen von ihrem satten Grün.

Wenn ich sie nur ansehe, werde ich glücklich. Sie war schon vor mir da, und wenn sie noch nach mir da sein wird, dann erzählt sie vielleicht, zusammen mit dem Wind, gelegentlich von mir. Vielleicht berichtet sie dann über meine kleinen Versuche sie zu wässern. Möglicherweise bekommt sie doch auch mal Besuch von einem Dachs. Nein, meine Geschichte ist nicht so spektakulär und doch spektakulär genug als das ich sagen kann, dass mir diese Fichte das Leben gerettet hat mit dem Lied, welches sie und der Wind des Abends, wenn es mir schlecht geht, für mich singen.

# Am 10. TAG

Am 10. Tag des Monats Tischri, dem höchsten aller Feiertage, den man Tausende von Kilometern entfernt beging, wurde die Seele der heiligen Miriam heftig aus ihrem Körper, aus dem Haus, aus dem Land und aus dieser Welt gezogen. Heilig hatte man sie seit ihrem 17. Lebensjahr einhellig genannt, ohne dass jedoch freilich irgendein religiöser Vertreter sie jemals ernsthaft in einen solchen Stand erhoben hätte. Zu Lebzeiten wäre das ohnehin nicht gerade leicht gewesen, aber diese Dinge waren nicht jene, welche die Seele der Verstorbenen interessierte. Während sie, wie jede Seele- egal, wo sie am Ende landet- also dabei war noch einmal die gesamte Welt zu umrunden, wurde sie auch des außerordentlich hohen Feiertages am 10. Tag des Monats Tischri gewahr, dem Versöhnungsfest, bei dem das ganze Land für mehr als einen Tag in weiß gekleidet still stand. Miriams Seele nahm dieses Still-Stehen wahr, es war das letzte, das sie von dieser Welt in eine bessere mitnahm. Nur den heiligen Seelen wird so etwas gewährt und Miriam war eine solche. Doch was direkt nach ihrem Wegzug aus dem Haus geschah sah niemand, fühlte niemand und nahm niemand wahr.

Dabei befand sich alles dort im Aufruhr. Während sich die Hinterbliebenen nämlich mit dem Gedanken trösteten Miriam sei auf eine gewisse Art noch bei ihnen, hatte sich ein Vakuum gebildet, so groß wie es Miriams Seele gewesen war, also eben sehr groß, und in einem Strudel, schneller als man es jemals würde glauben können, war das Böse mitten in das Haus gefahren. In jedem Winkel hatte es sich ausgebreitet, wuchernd, metastasierend, und keine vierzig Tage nach dem verfrühten Weggang Miriams hatte es sich bereits überall festgesetzt. Die Bewohner des Hauses ahnten davon nichts. Die meisten davon hätten sich ohnehin selbst als rational bezeichnet, ein Strudel des Bösen hätte sie wohl kaum beeindruckt, wie denn, wenn man nicht einmal an so etwas glaubte.

Und so war das, was sich hier ganze 40 Tage nach dem 10. Tage des Monats Tischri zu ereignen begann, nichts, was auch nur einer in diesem Haus im Ansatz zu begreifen vermocht hätte.

Das Böse, wenn man es zu oft erwähnt, wird zuweilen stärker und gewinnt an Macht. Das liegt in seiner Natur. Daher, und nur dieses einzige Mal, schweige ich über das meiste. Nur so viel sei erwähnt: Keiner dort hatte jemals wieder auch nur im Ansatz das, was man ein schönes Leben hätte nennen können.

Niemandem gelang es dem Bösen Einhalt zu gebieten.

Wie auch, wenn man nicht einmal an seine Existenz glaubte.

Ich denke, dass erst dann, wenn eine dieser vielen, traurigen und verfluchten Seelen hinfort gerufen wird, die kleine, die zumindest theoretische Chance besteht, dass durch ein erneutes, sich im Moment des Todes kurz öffnendes Vakuum, wieder etwas Gutes in dieses Haus gelangen mag. Mir fehlt in letzter Zeit, um ganz ehrlich zu sein, der Glauben, doch die Hoffnung mag ich dennoch nicht aufgeben. Ich weigere mich einfach zu glauben, dass alles, was Miriam erschaffen hat, nun in sein Gegenteil verkehrt worden sein soll. Zu unvorstellbar nämlich, zu schrecklich, grotesk und unmenschlich war das, was sich seit dem 40. Tag nach dem 10. des Monats Tischri, tausende Kilometer entfernt von dem besonderen Ort, an dem man dort das größte aller heiligen Feste feierte, nach dem Fortgang Miriams zugetragen hatte. *Dass* ich mich weigere es zu glauben, möge mir also hiermit verziehen werden.

## DER KINOBESUCH DER ALTEN DAME

Der Kinobesuch von Elsie war kein Kinobesuch im herkömmlichen Sinn. Weder stand sie in der Schlange der Wartenden, welche sie von außen durch die großen Glasscheiben des neuen, erhellten Kinopalastes sehen konnte, noch erfreute sie sich an einer der nach Wärme und Zucker duftenden Tüten, die gleich neben dem Einlass zum Verkauf angeboten wurden.

Den Geruch freilich nahm sie von außen ebenso wenig wahr wie die Wärme, die muffig-vertrauten Ausdünstungen nasser Mäntel oder die kaum gespannte Atmosphäre sehr verhaltender, nahezu dumpfer Vorfreude, welche ihre beinahe schon gelangweilte Gelassenheit dem Umstand zu verdanken hatte, dass ein Kinobesuch heutzutage rein gar nichts Besonderes mehr war. Weder die Filme noch das Popcorn und auch nicht die übermäßig laut eingestellten Boxen in den Vorführsälen oder die schnellen Schnittabfolgen, die sich auf den gigantischen Bildschirmen abspielten, konnten von dieser, wie sie fand, Unerfreulichkeit der Moderne ablenken. Durch die Helle des Innenraums spiegelte sich ihr Gesicht nicht in der Scheibe, was sie immerhin ein wenig milder stimmte, denn noch immer konnte sie sich nicht daran gewöhnen, dass ihr das Gesicht einer alten Dame entgegen sah, wann immer sich ihre Blicke ohne Vorwarnung auf die glatte Lüge einer reflektierenden Oberfläche begaben.

Es konnte doch schlichtweg nicht sein. Sie, die sich auch jetzt noch ganz jung fühlte, selbst wenn sie sich ab und an eingestehen musste, dass sie den Anschluss an die neue Zeit schon vor Jahren verpasst hatte. Doch, wie sie fand, hatte dies durchaus nichts mit dem Alter zu tun – vielmehr mit Stil. Ja, Stil hatte Elsie, davon war jedermann, der sie kannte, einigermaßen schnell und nachhaltig zu überzeugen. Dieses neue, jeglicher Phantasie entsagende Kino beispielsweise würde sie nach allem, was es so grell von sich preisgab, niemals wieder betreten. Noch nicht einmal um sich im Foyer aufzuwärmen. Und dennoch, trotz der Tatsache, dass sie, für die Jahreszeit zu leicht bekleidet doch immer-hin mit einem recht rustikalen Regenschirm versehen, lediglich von außen in das Kino hineinsah, empfand sie sich selbst als Besucherin.

An dieser Stelle, an der vor Jahren das alte Kino gestanden hatte, welches dem viel größeren und moderneren Gebäude gewichen war, hatte sie einen einzigen Film mit Antonio gesehen, dem Mann, bei dessen Beerdigung sie am vergangenen Freitag in einer der hinteren Reihen gesessen hatte. Nur einen einzigen Film. Abgesehen davon war er es gewesen, der jeden Samstag und auch unzähligen Sonntagen in die Vorführräume gekommen war, ohne Popcorn oder Eis, einfach nur um die Filme ganz und gar in sich aufzunehmen. Sie selbst war über viele Jahre Zeugin dieser kleinen und großen Ereignisse gewesen, da sie an der Kinokasse alles sah. Sie las die Vorfreude in den Blicken der Gäste, sie sah ihnen Erleichterung, Verzückung, Entsetzen oder Trauer an, sobald die Vorstellungen vorbei waren, und die Zuschauer an ihrem Verkaufsstand vorbeigeströmten, noch nicht wieder ganz angelangt in der Welt, die draußen vor der Lichtbildhalle auf sie wartete.

Bei Antonio, das war nie zu leugnen, hatte es sich immer um ein großes Ereignis gehandelt. Vom ersten Augenblick, der sich zwischen ihnen beiden zu einer Begegnung verdichtet hatte, die ihr mit Worten zu beschreiben unmöglich war.

Auch nicht der Abspann einer noch so romantischen Filmmusik, die sie auf den Gängen nach dem Ende der

Vorführungen hören konnte, waren auch nur im Ansatz geeignet gewesen die Qualität dieses ersten Blickes musikalisch wiederzugeben.

Nichts, außer dem Blick selbst, war imstande zu beschreiben, auszudrücken was in ihm lag. So war er ihr ans Herz gewachsen. Mehr als sie es sich selbst gewagt hatte einzugestehen. Sogar seinen Schritt hatte sie gekannt, den leicht beschwingten und dennoch zugleich verhaltenen Takt, mit dem er sich, weit abgeschlagen von der Masse der Anderen wieder aus der Geborgenheit des Saals ins Freie getastet hatte. Manche liefen schnell, auch heute noch. Sie konnte es durch die großen Fenster sehen. Andere wiederum ließen sich Zeit, doch schien in den heutigen Tagen niemand mehr so verträumt und in sich gekehrt zu sein wie früher. Zu schnell kam der Alltag offenbar zurück. Bei Antonio war dies gänzlich anders gewesen. Viele lange Minuten hatte er ganz traumverloren im Foyer gegenüber vom kleinen Kartenhäuschen gesessen, unfähig etwas Anderes um ihn herum wahrzunehmen. Dann, nach einer gewissen Zeit, die, unabhängig vom jeweiligen Film, immer etwa gleich lang gewesen zu sein schien, waren sich ihre Blicke begegnet.

So fühlt sich wohl eine Krankenschwester oder Ärztin, die plötzlich vom erwachenden Blick eines Bewusstlosen getroffen wird.

So hatte sie dies zumindest des Öftern empfunden. Zudem war es kein alltäglicher Blick gewesen. Der Blick dieses Mannes hatte sie zeitlebens bis ins Innerste bewegt. Sicherlich war er dem Blick eines Cary Grant oder auch dem eines Clark Gable ebenbürtig, verstärkt noch durch die Tatsache, dass dieser Blick hier nicht gespielt war, kein großes Kino, sondern der Blick eines Mannes, hinter dem sich eine Schönheit verbarg, für die die meisten wohl nicht empfänglich gewesen wären, war doch sein restliches Äußeres beim ersten Hinsehen eher nichtssagend, sein Gesicht zudem häufig halb von einem tief heruntergezogenen Hut verdeckt, die Statur kleiner als es üblicherweise einem Mann zugekommen wäre.

Ein zweites Mal sahen vermutlich wenige bei ihm hin, doch auch das war etwas, was Elsie nicht nachvollziehen konnte. Für sie war Antonio über die Jahre zu einem immer größeren Lichtblick geworden, der ihr in Gedanken schon Stunden vor seinem tatsächlichen Erscheinen den Tag zu erhellen imstande war.

An einigen Tagen fragte sie sich ernsthaft, warum sie ausgerechnet in einem Kino arbeitete. In solchen Augenblicken fiel ihr gelegentlich ihre Mutter ein.

Ihre Mutter, die nicht einmal ein Jahr nach der Hochzeit zur Witwe wurde. Ihren Mann, Elsies Vater, hatten weder sie noch Elsie jemals wirklich gekannt. Die Mutter immerhin hatte ein Bild von ihm und ein Kind, wie die schönsten Träume der perfekten Liebe, die sich über viele Jahrzehnte erhalten hatten. Keinen weiteren Mann hatte es in ihrem Leben gegeben.

Keinen Mann, doch die ungetrübte Vorstellung einer ewigen Liebe. Das passte irgendwie in die Kinowelt vermutete Elsie und gab sich mit dieser Erklärung zufrieden, wenngleich sie sich ab und an dabei ertappte sich unwohl zu fühlen in diesem engen Raum, in dem sie Karten verkaufte und der mit den Jahren immer mehr zu schrumpfen und sie zu er- drücken schien. Nur wenn Antonio kam weitete sich der Raum wieder und etwas in ihr begann sich leichter zu fühlen, beinahe glücklich sogar. Manchmal be- rührten sich ihre Hände oder ihre Blicke, während er sich seine allwöchentliche Kinokarte kaufte, an manchen, an den ganz besonderen Tagen, gelang es ihr sogar ihm ein kleines doch besonders zärtliches Lächeln zu entlocken. So auch an dem Tag, er mochte nun an die 25 Jahre zurückliegen, als er sie gebeten hatte sie in eine der Vorführungen zu begleiten.

Den Film selbst hatte sie nur in seinen fulminanten Bildern wahrgenommen die kaum einen wirklichen Sinn ergaben, da ihre ganze Aufmerksamkeit sich auf ihn richtete, ohne dass er es bemerken durfte.

Das war schwierig doch hatte sie schon damals geahnt, dass man Antonio nicht zu nahe kommen durfte.

Nach diesem einen und einzigen Film hatten sie sich noch einige Male auf einen Kaffee getroffen. Zumeist sprach er über die Filme, doch einmal berichtete er ihr vom allerschönsten Tag seiner gesamten Kindheit, einem Geburtstag, der mit seinem ersten, überwältigenden Kinobesuch gekrönt wurde. Dieser Kinobesuch war so besonders, da ihn jemand begleitet hatte, der ihm wie niemand Anderes am Herzen gelegen war. Elsie fragte nicht nach.

Neugier konnte sie prinzipiell nicht leiden, doch konnte sie sich gut daran erinnern, dass sie ihn in diesem Augenblick gerne geküsst hätte, doch sie hielt sich zurück wie sie sich immer zurückgehalten hatte.

Eins war ihr bereits damals klargewesen nämlich, dass sie Antonio verlieren würde, sollte sie versuchen sich ihm über Gebühr zu nähern. Verlieren konnte man es im Grunde zwar nicht nennen, dies hätte immerhin etwas Anderes vorausgesetzt, zumindest die Illusion einer wie auch immer gearteten Bindung – wobei sie eine solche durchaus zu ihm spürte, besonders nachdem er ihr angedeutet hatte, dass er sie verehrte wie eine der Kinoschönheiten – mit reiner Seele und weit über die Längen all der Kinofilme hinaus, die er sich in den Jahren seit ihrer ersten Begegnung angesehen hatte. An zahllosen Tagen dachte sie an ihn, doch wenn er als Besucher in das Kino kam, versuchte sie dies zu verbergen. Sie wagte es mit der Unerreichbarkeit, die ihm selbst so zu Eigen war.

Leider, das wusste sie bereits seit ihrer Kindheit, war es keine Stärke von ihr sich zu verstellen und so war unabänderlich was geschah, nämlich, dass die Besuche von Antonio seltener wurden und schließlich ganz ausblieben. Zu verräterisch waren ihre tiefen Blicke gewesen, zu eindeutig das leichte Zittern ihrer

Hände in den seltenen Augenblicken, in denen sich ihre Haut für die Winzigkeit eines Augenblicks sehnsuchtsvoll an die seine wandte. Elsie wusste, dass Antonio ihr die Schuld an seinem Wegbleiben gab. Warum auch hatte sie mit ihrem zu realen Begehren seine Träume gestört? Als Mitarbeiterin eines Kino hätte sie wissen müssen, dass man eine Vorführung niemals, unter keinen Umständen stören durfte – es sei denn ein Feuer oder Hochwasser, vielleicht sogar ein Erdbeben waren im Begriff das Kino zu zerstören. Von seinem Tod hatte sie in der Zeitung erfahren. Die Anzeige war so klein, dass sie sie zunächst beinahe überlesen hätte. In den trostlosen Nächten bis zu seiner Beisetzung wurde sie von steter Schlaflosigkeit geplagt, und entgegen ihrer sonstigen Gewohnheiten trank sie viel um sich abzulenken. Nicht ganz nüchtern war sie als eine der ersten und wenigen Gästen in elegantem Schwarz, mit Samt gar, und einem hand-bestickten Tuch zur Trauerfeier erschienen. Leicht angetrunken und zudem über-müdet, von Schmerz eingenommen und steif von der Kälte des regnerischen Tages, wieder einmal viel zu leicht angezogen und fröstelnd, hatte sie versucht den Blick auf den Sarg und auf die beinahe leeren Bänke um sich herum zu vermeiden. Und da erschienen sie mit einem Mal alle. Die Kinoheldinnen und Helden – selbst längst verstorben, nahmen still und wissend Platz. Mit Ausdruck großer Ehrerbietung hatten sie den leeren Raum erobert, und sie waren es nun, die auf Antonio blickten, der vorne aufgebahrt lag und dessen Blick nun niemand jemals mehr würde sehen können. Zu müde um bei der Erinnerung dieses Tages noch einmal weinen zu können, beschloss Elsie den hellen, modernen Kinopalast nun doch zu betreten, um sich für eine kleine Weile im Foyer aufzuwärmen. Sie schloss den Schirm, wagte sich in die Masse der Menschen zurück und saß viele Stunden gedankenverloren und unbeachtet. Und dennoch fühlte sie sich nicht allein.

## KREISLAUF

Manchmal kommen mir Hannahs Eltern in den Sinn, ihre leiblichen Eltern. Mit jedem Jahr das vergeht bin ich mir sicherer, dass es sich bei Ihnen um Teufel gehandelt haben muss, wenngleich sie sich nicht durch auffällige Pferdefüße verraten hätten. Nie bin ich härten, missgünstigeren und boshafteren Wesen begegnet. Oder sagen wir: Beinahe nie.

Hannahs Vater, der Bruder meiner Mutter, verpasste keine Gelegenheit sich über diese zu mokieren, zunächst noch allein, dann in Gegenwart seiner Frau, die nicht nur meine Mutter hasste, sondern alle, selbst die Kinder, die sie gebar.

Bis heute ist es mir ein Rätsel, wie meine Mutter Zeit ihres Lebens versuchte sich mit ihrem Bruder, ja, sogar mit der Schwägerin zu versöhnen. Am Tag des Todes ihres Bruders veranlasste die Schwägerin alles, nur damit es meiner Mutter nicht mehr möglich sein sollte ihren Bruder nochmals zu sehen, Abschied von ihm zu nehmen. Von ihm und von den törichten Hoffnungen er hätte sich jemals ändern können. Sie ließ den Sarg it extra vielen Nägeln zunageln.

Nur durch besonders gute Beziehungen gelang es ihr heimlich, zum Sarg ihres Bruders vorgelassen zu werden, bevor dieser ins Feuer geschoben wurde.

Sie legte ihre Hand zärtlich auf das schwere Holz. Während dann das, was er gewesen war, als Rauch durch den Kamin gestoßen wurde, liefen wir stumm auf dem Friedhof herum und waren uns der Tatsache bewusst, dass hier gerade etwas grundlegend Böses sein weltliches Ende genommen hatte.

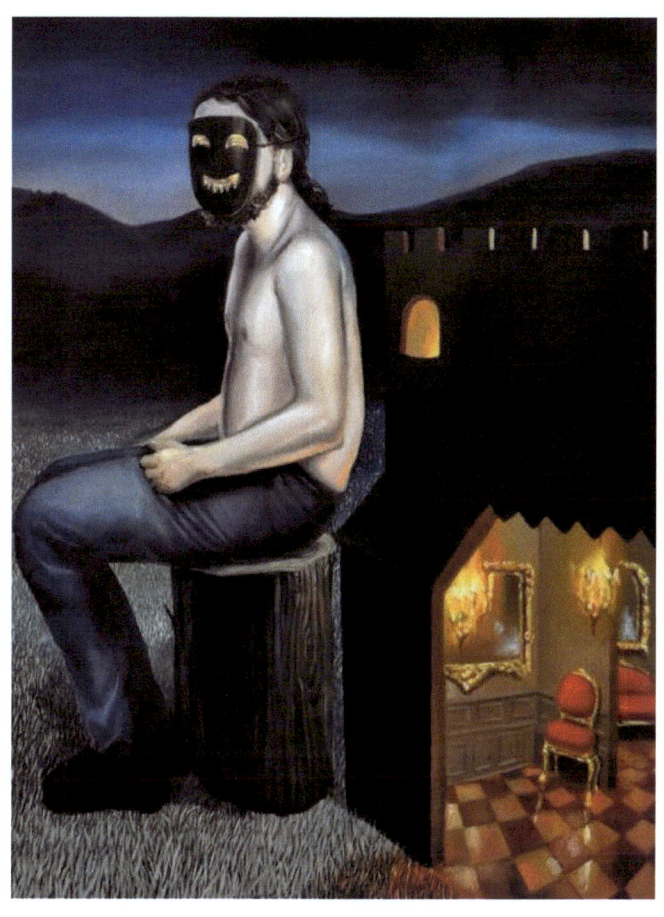

Als Kind wurde mir immer kalt wenn er und seine Frau in der Nähe waren und jedes ihrer vier Kinder war im Lauf der Jahre nicht nur einmal von der Polizei aufgegriffen worden, da sie von zuhause ausgerissen waren. Nur die starke Hannah, die Grobheit nicht duldete, hatte sich ihnen entziehen können. Anders zumindest. Auch mein Bruder hatte diese Angst geteilt. Als meine Mutter, nicht sehr lange nach meinem Onkel verstarb, schickte ihr die Schwägerin keinen Gruß, keine Karte. Nichts. Sie triumphierte, denn hatte sie die überlebt, die sie ihr Leben lang gehasst hatte.

Es gab viel für sie zu Triumphieren, da sie nahezu jeden hasste und jeder neue Todesfall befriedigte sie zutiefst.

Mittlerweile zwar nur noch mit Schmerzmitteln am Leben zu erhalten fristete sie ihr Dasein im Bewusstsein des Schmerzes der ihren Hass weiter nährte. Vor einigen Jahren nun, nach dem Tod meines Onkels, begann sich mein Bruder so dramatisch zu verändern wie ich es vorab nicht für möglich gehalten hätte. Er wurde verbittert, boshaft, gierig, verlogen und heimtückisch. Menschen nutzte er für sich und seine Zwecke. Er benutzte sie immer wenn sie ihm hilfreich erschienen. Sobald dies nicht mehr der Fall war wurden sie entsorgt, aus seiner Liste gestrichen. Auch ich und mein Vater gehörten dazu. Nachdem man nicht glaubte noch weiter von uns profitieren zu können waren wir draußen vor. Zum Triumph seiner Frau, die ihn immer ganz für sich hatte haben wollen.

Das, was von meinem Bruder noch übrig geblieben war, war verschwunden. Ich weiß nicht, von wem da der erste Impuls ausging, doch es kam ihr entgegen. Sie, die nie teilen wollte, hatte ihn nun ungeteilt für sich, von der ursprünglichen Familie nicht nur isoliert, sondern im Hass zerfallen. Schlüssel wurden uns abgenommen. Man brauchte uns nicht mehr um Wohnungen zu warten, die Post zu verwalten, uns um die Praxis zu kümmern. Andere Lakaien waren in ihr Leben getreten. Unbeschriebene Lakaien, die noch nichts davon wussten, dass die vermeintliche Gunst, die man ihnen erwies, eine temporäre war. Sie waren für sie keinerlei Gefahr. Keine Familie, nur bezahlte Lakaien, bezahlte „Freunde". „Für mich allein, für mich allein!" An Gollum aus der Saga dachte ich, mit seinem Ring der Macht. Ihre Freundschaft hatte ich gewinnen wollen – ganz und gar vergebens.

Ihr Misstrauen wucherte offenbar von Anbeginn in ihr, nichts konnte daran auch nur im Ansatz etwas ändern. Kleinhorizontige Leute wie sie suchen immer die Macht, sich ihrer eigentlichen Machtlosigkeit, ihrer letztlichen und so vollkommenen Banalität und gänzliche Bedeutungslosigkeit wohl allzu schmerzlich bewusst seiend.

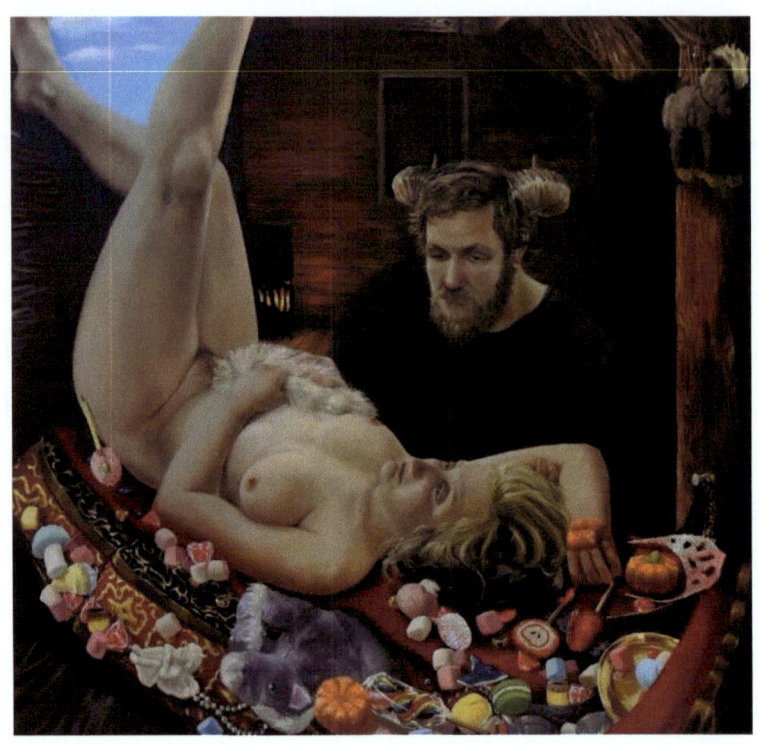

Ich wusste, dass sie immer nur freundlich zu mir war wenn sie etwas wollte, wenn ich wieder einmal etwas für sie und ihre Familie tun sollte. Mit Dank habe ich nicht gerechnet. Nur mit der Hoffnung die auch aus Pandoras Büchse gesprungen war. Ja, vollkommen war etwas an ihr. Ihre Bedeutungslosigkeit.

Ihr Unvermögen aus sich selbst heraus etwas Gutes tun zu wollen. Wie eine Leitbache hielt sie ihre kleine Rotte argwöhnisch zusammen. Darauf beschränkte sich ihre Existenz. Ich wusste es zuvor. Im vollen Bewusstsein ausgenutzt zu werden habe ich mich ausnutzen lassen. Es ist meine Schuld und doch nicht meine. Immerhin war es meine dumme Hoffnung, wehe Dir, Pandora, den Kreislauf aus Hass und Minderwertigkeit, den mein Bruder und seine Frau mit jeder Faser ihres überlauten Seins ausstrahlten zu durchbrechen. Viele verlorene Jahre habe ich gegen Windmühlen gekämpft. Dann wurde es gänzlich aussichtslos. Als er plötzlich auch noch den gleichen pathologischen Sportwahn entwickelte wie mein verstorbener Onkel und begann in seiner Intonation zu sprechen, mit harter, toter Stimme, wuchs in mir eine unbestimmte, gleichsam wissende Angst. Als er dem Hass auf mich und meinen Vater nicht einmal mehr ein Mäntelchen vorband und als seine Frau immer mehr zu dieser diabolischen Alten mutierte, sokontrollsüchtig, geizig, kleinlich schadenfroh, dabei ängstlich, missgünstig und unbarmherzig, gärend und rattig zerstritten mit fast all ihren Anverwandten, denen ausgenommen die sich ihr unterzuordnen verstanden, da fragte ich mich, ob ich mich in einem karmischen Kreis befand in dem eine einzige Familie über viele Generationen dazu gezwungen sein würde immer, in leichten Variationen, wieder das Gleiche zu erleben- bis es irgendwann einer der Generation schließlich gelänge aus diesem Kreis auszubrechen. War es ein Fluch? Eine Aufgabe?

Meiner Mutter war es nicht gelungen.

Mir würde es nicht gelingen.

Zuviel der reinen Bosheit. Würde es meiner Nichte einmal ähnlich ergehen wie mir? Mit ihrem Bruder wiederum? Würde es ihr zumindest gelingen diesen Kreislauf zu durchbrechen? Es gibt nichts, das ich mir mehr wünsche. Immer noch diese Hoffnung, die sich nun nicht mehr auf meine eigene Lebenszeit bezieht. Sollte sie es nicht schaffen da bin ich mir sicher, wird es immerzu so weitergehen. Wo ist er nur geblieben, mein kleiner Bruder? Vorbei. Das Gute wird dabei ebenso wenig erlöst wie das Böse. Denn untrennbar, auf Gedeih und Verderb sind beide aneinandergebunden bis es nicht einem gelingt diese Kette zu durchbrechen.

## Die SCHRIFTSTELLERIN

Ich denke an die Schriftstellerin. Ihre Bücher würden mir helfen denn ich würde ihre Bücher kennen und nicht ihre Zweifel. Ich müsste sie nur finden. Schnell.

Meinen Bruder brächte sie mir zurück.

Das weiß ich genau. Sie könnte es- Auch, wenn es nur für den Moment wäre in dem ich ihn verlor. Verloren ist er. Es gibt kein Wort, das ihn wieder zurückbrächte.

„Zurück?". Nein. Das ist vorbei. Ich kann nichts tun als zusehen.

## SKULPTUR DES BÖSEN MENSCHEN

Das Bild, welches sich mir bot, als ich diesen Raum betrat, war eine erschreckend exakte Charakterbeschreibung meines Bruders, welche ihn in seiner Erbärmlichkeit so nackt vor mir zeigte, dass es mir grundsätzlich unanständig erschien.

Ja, er hatte diesen Raum, den er an mich abtreten musste, vorher sadistisch verwüstet, und sicherlich war ihm während des Aktes der Zerstörung eine innere Genugtuung nach der anderen widerfahren, doch hatte er nun, ähnlich wie ein Bildhauer eine Skulptur von sich selbst erzeugt, einen direkten Blick auf das, was sich hinter seinen Masken des Alltags verbarg. Die augenscheinliche Radikalität seiner inneren Kleinheit, die marode Hässlichkeit seines Seins, welcher sich der Betrachter nun nicht mehr zu entziehen vermochte, erschütterte mich weitaus heftiger als es der Raum als einfacher Raum jemals fertig gebracht hätte. Die *Skulptur des bösen Menschen* nannte ich den Raum seither, und ich weigerte mich ihn jemals wieder in einen akzeptablen Zustand zurücksetzen zu lassen. Das hier war mehr. Das war Konzeptkunst - verdichtete sich hier doch auf wenigen Quadratmetern die uralte Frage, der sich die Philosophen seit Anbeginn unseres Denkens stellten: Was nun ist der Mensch? Der Mensch an sich? Die Antwort war hier, wie ich fand – ganz besonders mit Hinblick auf den derzeitigen, allgemeinen Zustand der Welt- durchaus transferierbar, denn die so seichte Banalität seiner fatalen Bosheit wies ihn gewissermaßen als einen Jedermann aus.

Es gab nichts Besonderes an ihm.

Da waren nur die Beschränktheit des Denkens, die offenbare Unmöglichkeit zum ethischen Handeln, die beklagenswerte Unfähigkeit auch nur ein einziges Mal über sich selbst hinauszuwachsen.

Ein Kleinkind, welches die Sandburg eines anderen aus dem trügerischen Gefühl heraus zerstört, in diesem Leben etwas bewirken zu können.

Der böse Mensch jedoch ist immer der geistig arme Mensch. Und so blieb dieser Raum zeitlebens ein einziges Mahnmal. Als mein Bruder starb, ich möchte ehrlich sein, es war nicht so als wäre ich allzu oft der Versuchung erlegen ihn tatsächlich besuchen zu wollen. Gelegentlich dann aber doch. Und sei es nur, um ihm im inneren Zwiegespräch eine einzige Frage zu stellen. Zum Friedhof musste ich selbstverständlich niemals gehen, wenn ich ihn besuchen wollte. Ich hatte ja das zerstörte Zimmer. Immer wenn ich es mir, in den Tagen nach seinem Tod besah, fragte ich mich, ob das seine Hölle sein würde, dort, auf der anderen Seite. Die Hölle, auf ewig in seinem eigenen Ich zu sitzen, von wo das Unglück von allen Seiten durch die Ritzen auf ihn hinzukroch.

## RUTH KNOBLAUCH

Ruth Knoblauch war die allerbeste Freundin meiner Mutter und für mich zu einer Art Tante geworden.

Immerzu dachte sie sich etwas Besonderes aus um mir eine Freude zu machen, um mich zum Lachen zu bringen. Einmal führte sie mich an einem Winterabend, es war bereits dunkel, zu einer Stelle, an der sie ein Bonbon am Stiel in den Schnee gesteckt hatte.

Etwas, das mich, vor allem in Anbetracht meines Alters—ich war vier- aber auch in Anbetracht der damaligen Zeiten sehr beeindruckt hatte.

Ich erinnere mich gut an ihr so schönes, rundes und beinahe immer lachendes Gesicht.

Ihr Einfallsreichtum war unerschöpflich. Sie schrieb kleine Gedichte, nahm hierzu passende Bilder auf, schaffte eine Welt, die geeignet genug war, um einem Kind vor dem Verfall alles Schönen und Guten- in unmittelbarer Nähe zum Zweiten Weltkrieg, der sich ankündigte wie etwas Unüberwindbares, etwas entgegenzusetzen. Ruth und ihr Mann selbst hatten keine Kinder, was ich, ich erinnere mich genau, traurig fand, denn wer- von meiner eigenen Mutter abgesehen - wäre je eine bessere Mutter gewesen als eben Ruth Knoblauch. Selbst als wir dann, während des Krieges in Salzburg lebten, weit von Ruth entfernt, brach der Kontakt nie ab, und als wir nach dem Krieg aus Salzburg wieder in unsere alte Stadt zogen, da war sie es, die uns als Erste wieder das Gefühl gab zuhause zu sein, bei wahren Freunden angekommen zu sein. Sie kämpfte mit uns, so dass wir Teile unseres früheren Eigentums wiederbekamen, welches während des Krieges zwischengelagert gewesen war, und das sich einige Nachbarn angeeignet hatten.

Was dann passierte, verstehe ich noch heute, fast 80 Jahre später, nicht. Offenbar hatte ein Mensch, der entweder uns- oder auch sie hasste, ihr etwas erzählt, vermutlich eine so große, unfassbare Lüge, dass sie sich seitdem entsetzt von uns fernhielt. Wir wussten nicht, ob es geheißen hatte wir hätten etwas über sie erzählt- oder aber ihr war etwas über uns "erzählt" worden. Noch heute bedauere ich, dass kein Gespräch dies je aus der Welt hatte schaffen können.

Noch denke ich an das Entsetzen in ihrem Gesicht, das Entsetzen, das der Lüge galt, von der sie dieses aber nicht wusste, so dass es nun direkt auf uns übertragen wurde. Es mag komisch klingen, doch von dieser Zeit an wusste ich wie Propaganda funktionierte, und warum so viele Menschen in unserem Land getötet worden waren. Losgelassen hat mich dieses Wissen seither nie wieder.

## DIE ANSTELLERIN

Die alte Mutter, von einer Art unbeirrbaren Gut-
menschentums geblendet, eine radikale Optimistin,
die an nichts mehr glaubte als an die Loyalität von
Familien, und die aus diesem Grunde ihre gesamte
Lebenskraft für den Erhalt und die Unterstützung
eben dieser gegeben hatte, war kurz nach Weihnachten gestorben – doch nicht, ohne zuvor eben
diese Krankheit des radikalen Optimismus – an
welcher sie letztlich entkräftet gestorben war- an ihre
Tochter weiterzugeben. Freilich hatte dieser Prozess
bereits weitaus früher eingesetzt, etwa als das junge
Mädchen in seinem zehnten Jahr war.

Zu diesem Zeitpunkt lernte es zum ersten Mal, dass
man sich für die Familie, und für alles andere
ebenfalls, hinten anzustellen habe. Seit dieser Zeit
merkwürdig in den Hintergrund geraten, war sie mehr
und mehr verschwunden. Man hatte sie schließlich,
nach dem Tod der Mutter, überhaupt nicht mehr
gesehen. Vermutlich müsste man weit zurückgehen,
an das Ende irgendwo. Dort, wo sie mit Sicherheit
heute noch ansteht. Andererseits: Wer sollte sich die
Mühe machen?

Seien wir realistisch. Wenigstens dieses eine Mal.
Niemand würde kommen. Niemand. Niemand.

# FRAU IM GLÜCK

Die Frau des Mannes, den ich wohl das ein oder andere Mal bereits erwähnt habe, hatte wirklich alles, was man sich nur ernsthaft wünschen konnte. Von ihrem Mann, einem ganz außergewöhnlich liebenswerten Geschöpf, angefangen.

Sicherlich habe ich auch die Tatsache nicht völlig unbeachtet gelassen, dass ihr tatsächlich so ziemlich alles zugefallen war, das man sich auf dieser Erde nur wünschen konnte. Talent, Schönheit, blondes Haar und den festen Willen in dieser Welt ganz groß herauszukommen. Gelungen ist es ihr auf eine Art- ganz außergewöhnlich sogar -als Musikerin in der höchsten Liga, was ihr aber nicht genügte, da sie sich nun, nach Auftritten in der Carnegie Hall, auch zur von Gott begnadeten Malerin auserkoren sah. Ein fataler Irrtum, und niemand, ihr Ehemann am allerwenigsten, hatte den Mut sie, in aller Diskretion, sanft darauf hinzuweisen. Sie alle beklatschten die Dilettierende ebenso wie es dereinst im Märchen „Des Kaisers neue Kleider" dargelegt worden war. Nackt war auch sie in der Unbeholfenheit der Pinselstriche, der fehlenden Perspektive, ja dem allzu augenscheinlichen Unvermögen, welches bereits fast unvermeidbar bei der unerträglichen, in ihrer Abscheulichkeit einzigartigen Farbkombination begann. Selbst das eher sachliche, kunst-theoretische Wort „Komposition" müsste ich im Grunde aus dieser Beschreibung heraushalten, um es nicht unnötig zu verstören und zu beschämen.

Ich verstand nicht warum ihr der so hervorragende, außerordentliche Erfolg auf der Musiker-Bühne nicht ausreichte?

Warum wollte sie denn gleich als so etwas wie ein Universalgenie durchgehen?

Vielleicht spiegelte sich in ihr der Mensch an sich, welcher bereits durch sein Wesen in der Regel wohl niemals genug bekommen kann. Am wenigsten von sich selbst.

Sie war nun in der durchaus attraktiven, exponierten und privilegierten Position bereits ihre Bewunderer zu haben. Längst von ihr voll in Besitz genommen, übertrugen sie kritiklos ihre Bewunderung auf das erbärmlich Gekleckse. Und so begab es sich, dass bald im ganzen Land – und darüber hinaus ihre Bilder zu sehen waren. Einige schafften es sogar bis ins Guggenheim Museum – wenngleich auch lediglich im Rahmen eines ausschließlich temporären und somit limitierten Aufenthalts.

Doch immerhin, nicht wahr? Sie stimmen mir doch zu!
Das war doch etwas! Auch dies indes reichte ihr nicht
aus. Sie wollte noch mehr. Um es abzukürzen: Alles

was sie wollte bekam sie, und nichts davon machte sie glücklich, noch erfüllte es sie. Anders sah es da bei ihren Bewunderern aus. Während sie gerade bemüht war ausgerechnet in Moskau als Primaballerina durchzugehen, hingen diese nun mittlerweile fest an ihren Bildern.

Man konnte sie sozusagen Stück für Stück erwerben.

Besaß man ein Bild von ihr, so hatte man etwas von der Diva selbst, hatte etwas Großes, wie es schien, bei sich zuhause oder in der nächsten Galerie. Die Bilder mussten bewacht werden, da Betrachter gelegentlich dazu neigten das ein oder andere Gemälde mit den Fingerspitzen leicht und sanft berühren zu wollen.

Es machte alles größer, bedeutungsvoller. Ihr ganzes eigenes Leben. Mittlerweile besuchte sogar ich ab und an ihre Ausstellungen, vor allem, um die Menschen darin zu beobachten.

Den vielen Menschen, die verzückt vor ihren Bildern standen, klopfte das Herz bis zum Hals.

Die Bilder machten sie glücklich. Die Abwesenheit von Kunst in den Räumen störte mich nun nicht mehr.

Diese so deutliche Abwesenheit war zu etwas sehr Eigenem und gänzlich Anderem geworden.

Es war beinahe körperlich fühlbar. Nicht zu leugnen.

Denn nun spürte auch ich es. Deutlich. Mein eigenes, laut klopfendes Herz.

Zur gleichen Zeit musste sich die Diva von einer ehrgeizigen Moskauer Balletttrainerin als „grässlicher Trampel" beleidigen lassen, was sie zu einem heftigen Wutanfall animierte, wobei dieser, sofern man Reportern generell Glauben schenken mag, sogar in zutiefst beschämenden Handgreiflichkeiten mündete.

Wir alle, die wir vor ihren Bildern standen, erfuhren erst später, durch die Klatschpresse, von diesem Faux-Pas. Der Liebe zu ihr und zu ihren Bildern tat es keinen Abbruch.

## DER TOTE – FAMILLE HEREUSE

Im Gebüsch lag ein Toter- wohl seit einigen Tagen bereits. Da sich das Gebüsch direkt gegenüber des Bahnhofes befindet, lag er kalt mitten unter den Lebenden, sieben große oder neun kleine Schritte entfernt von dem Ort an dem sie ihren täglichen Kaffee-to-go einnahmen, auf ihre tragbaren Telefone starrten oder eintippten während sie warteten.

Der Tote wartete nicht mehr.

Nicht einmal mehr darauf, dass er gefunden wurde.

Die feinen und selbst die groben Nasen würden ihn ohnehin erspüren und sein Versteck preisgeben.

Es war Sommer, heiß während der Tage, und sehr bald würde sich sein Ableben nicht mehr ignorieren lassen. Sein Tod würde vermutlich entweder Kopf-schütteln und aber Schaulust, möglicherweise beides, verursachen.

Kopfschütteln deshalb, weil er mitten im Sommer, zwar während einer Regenperiode, aber dennoch im Sommer - im Juli – erfroren war. Andererseits musste man ihm das erst einmal nachmachen.

Das war bei weitem kein Allerwelts-Tod, was vielleicht auch Hinweise auf die allgemeine Schaulust geben konnte.

In einer Zeit, in der jeder sich für sich selbst nur das Besondere und Ausgefallene wünschte, war gerade dies ihm gelungen- während die anderen, da auf ihre Busse oder Züge wartend, stupide an ihren diversen sozialen Netzwerken feilten um interessant zu wirken. Er war ihnen um Einiges voraus. Doch war da nun nichts mehr. Auch kein Stolz mehr, nichts, das ihn noch mit den anderen in irgendeine Beziehung hätte setzen können.

Als man ihn abholte sah es aus, als würde ein lokaler

Krimi gedreht, doch das Fehlen eines Kamerateams rief sehr bald Unbehagen und dann die besagte Schaulust auf den Plan. Man behalf sich selbst mit Handykameras, die den Leichen Spürhund samt Leichentrage filmten, was sich hervorragend zum Hochladen auf sozialen Netzwerken eignete um sich selbst ein wenig interessanter zu machen.

Da es leider jedoch insgesamt unerfreulich viele Handykameras waren (immerhin spielte sich das Ganze unweit des Hauptbahnhofes zur Hauptverkehrszeit ab), verlor sich der *IF*, der Interessantheitsfaktor des Einzelnen.

Im Ergebnis sah man ihn um weniger als die Zahl der Divisoren nach Abzug der üblichen Variablen auf ein klägliches Etwas reduziert. Viel blieb also am Ende nicht. Vielleicht deshalb verzichtete man hernach kollektiv darauf Blumen Briefchen und Kerzen an der Unglücksstelle niederzulegen.

Möglicherweise bietet es auch die Erklärung für die ein oder andere makabre Mutprobe die darin bestand, möglichst schnell ins Gebüsch, zu dem vom Toten plattgelegenen, gelblich verfärbten Gras zu laufen, um dann sogleich schreiend vor Angstlust dem Szenario rasch wieder zu entkommen.

Dies wurde auch jeweils gefilmt, und diesmal war der individuelle IF durch den persönlichen Bezug wieder höher.

Es gab sogar eine deutliche Siegerin nach erfolgter. demokratisch orientierter Online-Abstimmung:

Monika, die bauchfrei mit langen, gebräunten Beinen und sinnlos flattrig hochgerissenen Armen eiligst vom Fundort wegjagte wie ein schwachsinnig gewordener Wasservogel. Der Tote, längst beigesetzt, blieb still hinter Monika zurück.

Ich habe eine gebundene Rose dort abgelegt und eine Kerze. Einer sah mich blöde von der Seite an als sei ich eine Verräterin und würde ein unausgesprochenes Abkommen unterlaufen.

Am nächsten Tag war die Kerze verschwunden und die Rose einfach in den Asphalt hineingetreten, so tief, dass nur noch ein kleiner feuchter Fleck von ihrer üppigen Blüte geblieben war.

Es war ein trauriger Fleck. Ich bin mir sicher. Er muss einfach traurig gewesen sein.

Noch immer gönnte man dem Toten nichts.

Dabei, das hatte eben keiner gewusst, war die Kerze für Monika gedacht gewesen.

Die braucht das, wenn Sie mich fragen, ganz eindeutig

nötiger. Die Rose war nur Beiwerk, das räume ich ein.
Schönes, vergängliches und symbolträchtiges Beiwerk.
Die Kerze hingegen nicht. Es ist wirklich schade drum.
Feierlich sah es aus, irgendwie.
Und hochgeladen hätte ich es auch gerne, zu meiner
Social-Media Familie.
Mein Profil ist in letzter Zeit etwas dünn.

# Narziss

Der Tag, an dem Narziss sein eigenes Antlitz nicht mehr ertragen konnte, da er das Böse in ihm erkannte, war auch der Tag, an dem der Teich begann zu schrumpfen.

Auch das ging Narziss, der es nicht gewohnt war zu warten, viel zu langsam. „Schrumpfe schneller!", herrschte er den Teich an. Und schon sah er nur noch Teile seines Gesichts, sah Dummheit, Ungeduld und Gier in seinen Augen. Hierfür hasste er den Teich.

„Verschwinde". Narziss schrie sich heiser, doch auch sein Geschrei konnte nicht bewirken, dass sich der Teich schneller zusammenzog als er es ohnehin getan hätte.

Teiche sind nämlich, besonders in diesem Fall, an die Gezeiten gebunden. Ein Wissenschaftler würde mir sicherlich schwerlich Recht geben, doch wusste ein solcher auch nichts über Narziss.

Wer ihm begegnen musste, dessen Leben schrumpft, ebenso wie der Teich- es sei denn...Ja, es sei denn, man dreht alle Gesetze um. Da das Bild, welches sich bald darauf bot, allzu grausam für sensiblere Leser sein dürfte, habe ich bewusst darauf verzichtet es hier abzubilden. Nur so viel sei nicht verschwiegen: Der Teich erwuchs sich zu einem unzähmbar brandenden Meer und begrub Narziss ein für alle Mal in seinem kühlen, wilden Bauch. Die Fische mochten ihn nicht. Verständlich, wenn sie mich fragen. Verständlich, vor allem, wenn man eine Alternative hat.

## AM SIEBTEN TAG

Am siebten Tag, so hatte es mir der Obdachlose Davide, dem ich täglich Brioches bringe versichert, nachdem Gott die Welt erschaffen hatte, ruhte sich dieser aus. Der Teufel, der immer auf der Lauer lag (das liegt ihm sozusagen im Blut), nutzte diese Pause, und mit einem einzigen Wisch seines Teufelschwanzes machte er die Welt wieder wüst und leer.

Doch sah man diese Leere nicht sofort.

Auf den ersten, flüchtigen Blick sah noch alles aus wie am sechsten Tage, doch Leid, Hass und Schmerz waren in die Welt geworfen.

Da schickte der Herr einen seiner Engel aus, welcher den Menschen die Musik brachte, einen weiteren, der die Kunst mit auf die Erde nahm. Doch sah er, dass dies noch nicht ausreichte.

So sandte er den Engel der Poesie und den Engel des Lichts auf die Welt. Noch immer jedoch war die Welt aber ein Ort, der zuweilen der Hölle ähnlicher war als dem Himmel.

Wo immer allerdings einer der vier Engel erschien, war die Macht des Teufels für eine Weile gebrochen. Etwas mehr als das braucht es noch, befand Gott und wandte sich zu den Menschen. Er sprach von dem

Teufel, der jede Unachtsamkeit nutzte, um sich zwischen sie zu stellen, und er bat sie aufeinander zu achten – besonders am siebten Tage, aber auch an all den anderen Tagen und Stunden.

Ich denke, dass sie es versucht haben mochten. Davide teilt meine Meinung und streichelt dabei Monet, seinen Hund.

Allerdings, wie er betonte, wurden die Ablenkungen im Laufe der Jahrhunderte größer und größer, so dass Gottes Bitte kaum noch erfüllbar war.

Seither sind es allein die vier Engel, die es hier auf Erden mit ihm aufnehmen. Gott selbst ruhte nun öfter als früher. Bleiern lagen die Sünden der Menschheit auf ihm. Sein Sohn stand ihm zur Seite.

Die vier Engel gaben derweil nicht auf.

Ich weiß nicht, ob sie es tatsächlich noch für uns Menschen tun.

Vielleicht sind sie dieser übergroßen Aufgabe mittlerweile ein wenig müde und überdrüssig geworden.

Für die Kunst und das Licht hingegen machen sie es möglicherweise noch eine Weile. Jetzt und in Zukunft.

Zumindest könnte ich mir das vorstellen. Davide meint, sie würden es vielleicht auch für die Brioches tun. Das sagt er aber nur so. Damit ich mich freue.

## DER RING

Nach der Legende hat die Königin von Shebah König
Salomon ein Geschenk gemacht.
Einer Meinung nach, war es ein Ring.
Auf dem Ring standen drei Worte:

„Das geht auch vorbei."

# MATHILDA

Mathilda war eine kleine, steinalte Mischlingshündin, die bei keinem der Königsfelder Blaskonzerte, die besonders den Winter dort erträglich machen, wegzudenken war. Zunächst dachte ich mir, dass die verblüffende Tatsache, dass auch der größte Geräuschpegel sie nicht aus der Ruhe brachte, mit einer Alterstaubheit in Verbindung stehen könnte, doch wurde mir glaubhaft versichert, dass Mathilda so gut höre wie ein Luchs. Da mir dieses Sprichwort geläufig war, entnahm ich ihm, dass es mit Mathildas Gehör also durchaus noch weit her war. Es war wunderbar sie da so liegen zu sehen im Kreis des Blasorchesters. Es schien gerade so als sei sie hier, und nur hier, zuhause. Die längst vergangenen Abende, in denen mein Bruder Trompete zu üben pflegte, kamen mir in den Sinn. So lang war es her. Längst war aus ihm etwas ganz und gar Unerfreuliches geworden, doch immerhin auch etwas, das meine Angst vor dem Tod überwunden hatte. Wie hatte ich ihn immer gefürchtet, den Tod. Überall war er mir begegnet, selbst in Mathilda, dem kleinen, uralten Hund. Doch wenn man solche Menschen kennt wie mein Bruder einer ist, unterstrichen noch durch die freudlose Existenz seiner herrschsüchtigen Frau, dann kann einen der Gedanke an den Tod wahrlich nicht mehr schrecken. Vor allem wenn einen äußere Umstände beklagenswerterweise dazu zwingen sich in der Nähe solcher Menschen aufzuhalten. Ja, dann erst recht.

Verdichtet sich in ihnen doch all das, was den Menschen klein und engherzig werden lässt. Der Tod muss einem also folgerichtig geradezu als eine Art großer Erleichterung erscheinen. Ob Mathilda jemals über den Tod nachgesonnen hat? Können Hunde so etwas? Ich würde sagen, dass sie es können. Doch Mathildas Taktik ist offenbar eine andere. Sie lauscht der Musik. Vielleicht ist das eine schönere Art keine Angst mehr vor dem Tod zu haben als meine. Ich kann es, wie meistens, wieder einmal nicht sagen. Stattdessen ruht mein Blick auf ihr. Ich sehe wie sich ihr kleiner Körper mit jedem Atemzug anhebt und wieder senkt, nehme die zahllosen grauen Haare wahr, die ihr Fell eingenommen haben und spüre die Ruhe, die in all der Musik von ihr ausgeht. Jetzt, gerade in diesem Moment, hoffe ich, dass das Winter-Konzert nicht so schnell vorbeigehen wird, die kraftvollen Trompeten nicht verklingen werden. Ich möchte noch dableiben im Kreis der Musiker und bei ihr, bei Mathilda.

## DIE VERFLUCHTE NONNA ROSA

Teile der alten Stadt Baiae, Residenz von Kaiser Nero und einst versunken im Golf von Neapel, hatte ein sinkender Meeresspiegel launisch wieder freigegeben, wobei ich einräumen muss, dass dieser Meeresspiegel offenbar ebenso launisch zu sein schien wie meine überaus boshafte Nonna Rosa. Ich hatte, wie man sich denken kann, keine leichte Zeit bei ihr. Da ich nicht einmal einen Bruder oder eine Schwester bei mir wusste, war ich all dem Elend meines jungen Lebens allein ausgeliefert- wäre da nicht der zumindest kleine Trost gewesen, den ich durch die zurückhaltend-freundliche und feine Art meines fabelhaften Groß-vaters, des Nonnos Enrice, erfahren durfte.

Das baufällige Haus meiner Großmutter stand unter keinem guten Stern. Zumindest war mir dies immer so erschienen. Bis aufs Blut verfeindet war sie mit allen Nachbarn bis hin zur Milchhändlerin und dem Metzger, der um die Ecke lebte und dort ein gutes Fleisch anbot. Es musste also an meiner Nonna Rosa liegen- oder aber an dem Haus. Wer weiß. Gewundert hätte es mich nicht. Bei uns in Neapel hält man solcherlei Zusammenhänge nämlich keineswegs für etwas Zusammengesponnenes. Hinzu kam, dass ihr

Häuschen, in dem wir nach dem Tod meiner Eltern gemeinsam mit Nonno Enrice gelebt hatten, offenbar direkt über einem verfluchten Ort errichtet worden war, nämlich der, unter dem sich oben erwähnter Kaiser Nero vergnügt zu haben schien, so dass den Großeltern plötzlich Geld dafür angeboten wurde, und man uns alle aufforderte wegzuziehen, um den nun unabdingbar gewordenen Grabungen nicht noch unnötig im Weg zu sein.

Jetzt hatte ich einen echten, einen gestempelten und somit deutlich und farbig beurkundeten Grund für die stete Boshaftigkeit von Nonna Rosa gefunden.

Echt war er schon zuvor für mich gewesen, doch nun hatten zusätzlich die offiziellen Schreiber der Stadt Neapel auf einem sehr wichtigen Dokument unterschrieben, das mich auf eine gewisse Spur brachte: Es musste einfach der Fluch Neros sein, der aus meiner Nonna eine so ausgesprochen und konsequent boshafte Person gemacht hatte. Sie wog 200 Kilogramm, und ich war mir nicht sicher, ob der Balkon, auf den ich sie während ihrer regelmäßig wiederkehrenden hysterischen Anfälle, in denen sie zeterte und spuckte, sperrte, dieses Gewicht tatsächlich aushalten würde.

Der Nonno Enrice hingegen war zart wie ein scheues Vögelchen, von Gewicht und Wesen. Er war in jeder Hinsicht das genaue Gegenteil der Nonna Rosa.

Warum hatte ihn wohl der Fluch des Kaisers verschont, nicht aber meine Nonna Rosa?

Es gingen sehr wüste Gerüchte über meine Nonna in Neapel umher, so soll sie meine Mutter und ihren Sohn, meinen Vater, aus rasender Eifersucht über die Beliebtheit meiner sanften Mutter mit einem vergifteten Nudel- Muschelgericht ins Jenseits befördert haben.

Ich hoffte, dass an derlei Gerüchten nichts Wahres lag, doch falls ja, dann hätte das eine Erklärung dafür bieten können warum sie selbst, nicht aber Nonno Enrice, vom Fluch des Kaisers erfasst worden war.

Vermutlich musste bereits ein gewisses Grundübel vorhanden sein, wenn ein solcher Fluch die Chance haben sollte sich festzusetzen.

Immerhin hatte auch der Kaiser Nero seine Mutter Agrippina einst töten lassen. Nur wer zu solcher Tat fähig ist, ist wohl innerlich miteinander verwandt. Zu meiner Erleichterung verkaufte die Nonna Rosa das Haus, mein Großvater wurde erst gar nicht gefragt.

Beim Anschließen einer modernen Waschmaschine im

neuen Haus erhielt sie einen tödlichen Stromschlag, so dass von da an nur noch mein Nonno Enrice und ich übrig geblieben waren. Bis zu dessen Tod, viele Jahre später, blieb ich bei ihm in Neapel.

Doch dann zog es mich unweigerlich fort. Ich verließ nicht nur Neapel, nein, auch Italien ließ ich hinter mir. Ich zog in den kälteren Norden, doch alles war mir lieber als die räumliche Nähe zu dem, was ich Nonna Rosas Fluch nannte.

## COLETTES PUPPEN

Niemand glaubte Colette, auch wir nicht. Ich möchte es nicht beschönigen, zudem hätten es andere ebenso gehalten, da bin ich mir sicher. Immerhin war all das, was sie täglich beschrieb, einer klassischen Form von Paranoia zuzuordnen, spielte sich also ausschließlich in ihrem Kopf ab. Vermeintliche Menschen, die nachts ihre Wohnung betraten, um sie auszuspionieren oder ihr kleinere Dinge zu entwenden, um sie zu ärgern oder zu verunsichern, gab es, das war die Meinung ihrer Bekannten und Freunde nicht. Zermürbt von all dem, war sie über das Jahr zu einem faden Abklatsch der einst so schönen und lebhaften Frau geworden. Totenbleich, still und abwesend war sie nun- nichts, oder wenig, erinnerte an den Menschen, der sie noch vor wenigen Monaten gewesen war. Wir besuchten sie an den Sonn- und Feiertagen wie es sich für anständige Freunde gehört, wenngleich der Mensch, der einstmals unser Freund, unsere Freundin gewesen war, sich längst in sich selbst oder sich aus sich selbst heraus gezogen hatte. Zumeist saßen wir alle gemeinsam bei ihr im Wohnzimmer, in welchem sie liebevoll eine sehr stattliche Sammlung altmodischer Puppen hegte.

Sie saßen wie besonders folgsame und gezierte Kinder aus vergangenen Jahrhunderten dort in ihren langen Kleidchen, mit Locken und freundlichen kleinen Gesichtchen. An einem Sonntag jedoch, unsere Freundin war soeben hinausgegangen um uns allen Kaffee aus der Küche zu holen, war etwas anders als sonst. Wir hörten Colette in der Küche hantieren. Der Kaffee duftete bereits durch den Raum, nun klappte der Kühlschrank, in dem sie, wie zumeist, die Tortenstücke kalt stellte. Hierbei durfte ihr traditionsgemäß niemand helfen, so dass wir derweil allein im Wohnzimmer verlieben. Mit einem Mal bemerkte ich, dass eine der kleinen Puppen auf dem Rücken lag, die Beine steif und beinahe obszön nach oben gespreizt.

Mir war klar, dass Colette einer solchen Entweihung einer ihrer Puppen entschlossen entgegengetreten wäre. Und da war er plötzlich: Der Zweifel, ob nicht doch irgendwelche Wesenheiten des Nachts ihr Unwesen trieben und Colette tatsächlich ebenso heimsuchten wie sie es immer zu berichten pflegte. Vorsichtig nahm ich die Puppe auf und setzte sie so hin wie sie sonst immer saß. Das Matrosenhütchen rückte ich ihr ebenfalls zurecht und ordnete die prächtigen blonden Locken darunter.

Florian protestierte. Er vermutete Colette könnte die Puppe aus Testzwecken ebenso drapiert haben, um zu überprüfen, ob sich jemand an ihr vergreifen würde. Florian versuchte es, wie immer, wissenschaftlich-distanziert anzugehen.

Er brachte den originären Durchzug bei geöffneter Balkontür ins Spiel und errechnete die physikalische Stabilität der Puppe indem er den Rumpf und die Extremitäten unter Abzug der Locken ebenso in einer Formel verpackte wie seine Zweifel, welche ihm jedoch (die geübte Partnerin erkennt so etwas mühelos) deutlich an den fahlen Strichen anzumerken waren die sich von der Nasenlinie hin bis zum Mund zogen. Hatte Colette die Puppe am Ende tatsächlich als Test so drapiert und würde nun mit besonderem Entsetzen auf jede Veränderung deren Position reagieren? Dennoch konnte ich nicht anders. Ich konnte die lockige Puppe ebensowenig in dieser derangierten Position ertragen wie meine alte Freundin in ihrem derzeitigen Geisteszustand.

Diesbezüglich plagten mich Gewissensbisse.

Ich fragte mich wie es mir denn selbst gefallen würde wenn ich für unzurechenbar, möglicherweise gar für verrückt erklärt werden würde. Doch selbst diese Überlegung half mir nicht weiter. Meine Ablehnung war nicht zu unterbinden, obwohl ich mich so gut verstellte wie es mir nur möglich war. Indes spürte Colette dies deutlich, achtete stärker auf die Dinge, welche unbelasteten Menschen wohl nicht ausreichend erwähnenswert zu sein schienen. Als sie schließlich doch in ein Heim gebracht wurde, bot sie uns ihre Wohnung an, wobei ich befürchtete, dass dies nun nicht mehr als Akt der Freundschaft anzusehen war, sondern als letzte Möglichkeit ihrer persönlichen Rehabilitation, wobei sie unser Unglück sehenden Auges in Kauf nähme, uns also die sie bedrohenden Menschen zu überlassen bereit war. Rachsucht schwang wohl ebenfalls mit. Ich konnte es ihr nicht verübeln. Sicherlich hatte sie sich von uns im Stich gelassen gefühlt. Obwohl wir früher einmal davon gesprochen hatten einmal in ihre schöne, so großzügig geschnittene, helle Wohnung einzuziehen, sträubte sich mit einem Mal alles in uns dagegen. Ein ungutes Gefühl, vermischt mit einer kaum greifbaren Angst machte sich breit, wann immer wir nun an diese Wohnung dachten. Wir blieben in unserer Wohnung. Weder die Puppen noch unsere damalige Freundin haben wir jemals wiedergesehen. In meinen Träumen hingegen verfolgten sie mich oft.

# GRAF ZEPPELIN

Im Urgestein unter den Hotels, dem „Graf Zeppelin"
befand es sich, oder vielmehr an dessen unteren,
alten grünen Seitenfenstern, die den Speisesaal,
zumindest teilweise, zierten: das Faszinosum.

Hier befanden sich zahlreiche ins Glas eingegossen
kleine Figuren, Miniaturen, Menschen auf grünem,
sehr altem Glas, die irgendeiner sinnvollen Tätigkeit
nachgingen und dabei, wie ich fand, ganz wundervoll
aussahen.

So wie kleine Überbleibsel aus der Vergangenheit,
Figurinchen aus einer vergangenen Zeit, die um so
vieles schöner gewesen sein muss als es die unsrige
ist.

Mein Begleiter, mit dem ich die Figürchen von außen,
vom Abendspaziergang heimkommend, beobachtete,
fand das nicht. Sein Blick erfasste ein bestimmtes
Merkmal von ihnen sofort, einen gemeinsamen,
stillschweigenden Nenner: „Keines von ihnen lacht!",
stellte er fest, und als er das sagte bemerkte ich es
ebenfalls.

All die dumme kleine Freude fiel in mir zusammen. Ja.
Gequält waren sie, bleich und starr die Gesichter der
kleinen Figuren. Die Augen düster und groß.

Schwer war wohl schon damals das Leben.

In der Lobby nahmen wir schließlich einen Schwarztee ein. Der Kellner, jung, hübsch aber auffallend bleich und großäugig mit dunklem Haar, sah genauso aus wie eine der kleinen Figuren aus dem grünen Fenster. Die Ähnlichkeit war so frappant, dass mir das Herz bis in den Kopf hinein schlug.

Heimlich lugte ich meinem Begleiter über die rechte Schulter, um herauszufinden ob eine fehlte, ob sich ein Leerraum im Glas offenbarte- doch verdeckte auch die andere Hälfte seines Körpers einen Teil des Fensters, und ich mochte ihn, man mag es mir nachsehen, nicht darum bitten sich zu erheben, damit ich nachschauen und mich nochmals selbst vergewissern konnte.

Der Blick des Kellners folgte mir zudem, so dass ich vorsichtig sein musste.

Niemand sollte Verdacht schöpfen

Mein Begleiter war ein realistisch veranlagter Mensch.

Das, was er gerade noch als ein Spiel, einen netten kleinen Zeitvertreib angesehen haben mochte (die Unterhaltung am grünen Fenster)-, würde sich in Anbetracht eines solchen Insistierens, eines beinahe krankhaft scheinenden Interesses an diesem Fenster in völliges Unverständnis, vielleicht sogar in kränkende Ablehnung wandeln. Das wollte ich nicht riskieren.

Die Einsamkeit lastet schon seit Langem schwer auf mir, und somit befand ich mich nicht in der freien Situation zu tun oder zu lassen wonach mir der Geist stand.

Der junge Kellner, mit dem eingefrorenen Gesicht, bediente uns eine ganze Spur zu eisig, um noch als professionell zu gelten, fast schon feindselig, was ich mir selbst mit dem Umstand erklärte, dass ich vermutlich hinter sein ungeheuerliches Geheimnis gekommen war.

In dieser Nacht schlief ich erwartungsgemäß schlecht, was mein Begleiter dem zu nächtlicher Stunde eingenommenen Schwarztee anlastete. Wir lagen im zweiten Stock mit ausreichender Entfernung zum grünen, sich im Parterre befindenden Fenster. Ich ließ ihn schlafen, genoss die Wärme seines Körpers, wollte diese nicht verlassen und konnte doch nicht anders.

Am Nachtportier vorbei schlich ich mich, nur notdürftig wieder angezogen, vorbei, lief auf den Gehweg und betrachtete all die kleinen Figuren, die sich durch den milchigen Schein einer Laterne, sanft von der gegenüberliegenden Straßenseite herkommend, ausreichend exponierten, vor mir zeigten. Nun konnte ich mir genau ein Bild machen. Ich sah den jungen Kellner, der nun in dem Bild eine andere Tätigkeit verrichtete. Er drehte eine Spindel. Der Blick allerdings war der gleiche. Starr sah er durch mich hindurch.

Zart legte ich die Kuppe des kleinen Fingers, wie um seine Wange zu streicheln, vorsichtig an die Scheibe. Reglos jedoch sah er noch immer durch mich hindurch. Bemerkte er mich nicht?

Die Kälte trieb mich schließlich wieder ins Hotel, in die warmen Arme meines schlafenden Begleiters zurück.

Am nächsten Morgen wurde uns der Kaffee von einer jungen Russin serviert. Aufgeregt sah ich mich nach dem Kellner um, doch war er nicht zu sehen. Vor dem Fenster, im Innenbereich des Hotels, wurde gerade ein Weihnachtsbaum aufgestellt, so dass ich nicht erkennen konnte, ob er sich im Fenster befand oder nicht. Unser Platz befand sich jedoch diagonal zum Tannenbaum, so dass man, wenn man sich Mühe gab, nun zum Fenster hinblicken konnte.

Deutlich sah ich ihn, den leeren Platz im Fenster in der sich jetzt eine Art Blase zu befinden schien. Meine

Hände zitterten jetzt deutlich. Mein Begleiter holte mir derweil vom Buffet Brötchen, Kekse und allerlei Marmeladen. Erst als er wieder zu mir an den Tisch kam konnte ich mich wieder ein wenig beruhigen. Ich verlor mich in seinem Blick, bis eine bekannte Stimme fragte, ob wir statt des Kaffees vielleicht doch lieber Tee wünschten.

Es war der Kellner des gestrigen Abends, der Mann aus dem Glas. Wir verneinten höflich und er entschwand hinter eine der Theken.

„Was hast Du nur mit ihm gemacht?", wollte mein Begleiter wissen.

„Warum, wie meinst Du das?", fragte ich, einigermaßen überrumpelt nach.

„Na ja, ich weiß nicht, ich hatte plötzlich das Gefühl als hättest Du etwas mit ihm gemacht…".

„Aber wieso?"

Beschwichtigend legte er seine Hände auf meine. Das war mein Glück. Vermutlich hätten sie sonst erneut gezittert.

„Nur, weil er heute gelächelt hat." „Ach so."

Nun lächelte auch ich.

Mehr sagte ich nicht dazu. Mein Begleiter immerhin ist ein rational denkender Mensch.

# KARMA

Es war im Krankenhaus als Alma S., nicht einmal ein Jahr alt, nach ihrem Großvater Friedrich schlug, den sie soeben, gemeinsam mit ihren Eltern, im Begriff war nach seinem schweren Eingriff zu besuchen. Der alte Mann wusste nicht was er dazu sagen sollte.

Das Kind schlug heftig nach ihm, und er konnte sich wegen seiner schmerzenden Operationsnarbe nicht wehren. Die Eltern schritten nicht ein. Wo blieb nur seine Frau? Ingrid war nach draußen gegangen, um nach einer Blumenvase zu sehen.

Die Zeit bis zu ihrer Rückkehr erschien Friedrich lange, dann endlich kehrte sie zurück. Sofort griff sie sich Alma, wand ihr die Ärmchen zur Seite und fragte überrascht warum sie den Opa denn schlage. Alma gab wimmernd zur Antwort, dass der Opa auch sie geschlagen habe. Friedrich sah Ingrid hilflos an. Wann sollte das denn gewesen sein? Wie könnte er, der noch nicht einmal einen wilden oder tollen Hund getreten hätte, einem so niedlichen kleinen Wesen etwas zuleide getan haben. Ingrid fragte nach: „Wann hat der Opa das denn getan?", wollte sie von Alma wissen. „Schon lange her", gab diese mit blitzenden Augen wütend zurück. Seither, anders kann ich es mir nicht erklären, vermute ich, dass die beiden, Alma und Opa Friedrich, sich aus einem früheren Leben kennen. Überhaupt kommen mir zuweilen solche Gedanken. Ich sagte nichts, doch beobachtete ich über die Jahre die Lieblosigkeit, mit der Alma ihren Großvater bedachte. Nach dem Tod der Großmutter; Ingrid war schnell und leise von ihnen fortgegangen, hörte sie sogar damit auf ihn zu grüßen. Friedrich verstand das nicht. Ebenso wenig wie wohl jeder normal denkende Mensch. Lediglich ich dachte nicht normal. Noch immer fragte ich mich was Friedrich Alma in diesem früheren Leben wohl angetan haben mochte. Nach einigen Jahren kam ich indes zu dem Schluss dass das, was auch immer es auch gewesen sein mochte, nicht schlimmer sein konnte als das, was Alma nun ihrerseits tat, oder besser gesagt, was sie unterließ. So konnte es sich nicht auflösen. Mit Karma und diesen Dingen hatte ich mich nie viel befasst.

Eher spürte ich es instinktiv, doch deutlich. Ich beobachtete es also weiter, sah die vielen, vergeblichen Bemühungen Friedrichs, schließlich dann sein Aufgeben. Aussprechen tat ich nicht, was ich dachte.
In das große Schicksal kann man nun einmal keinesfalls eingreifen- selbst wenn man es dürfte.

# DER ANWALT

Bleich und wächsern starrte er mich gleichgültig von seiner Internet-Präsenz an. Sicherlich kaum 50 hatte er schlohweißes Haar und die fahle Haut eines Toten. Dennoch: Er arbeitete in einer der angesehensten Anwaltskanzleien der ganzen Stadt, zumindest war sie das einst gewesen. Jetzt lag der Senior allerdings nur drei Gräber von meiner Mutter entfernt auf dem Totenacker, und das merkwürdige Ding, welches ein Kreuz darstellen sollte, war, materialbedingt, an den Seiten bereits befremdlich erodiert. Dass der Bleiche nichts konnte, das wurde mir erst von verlässlicher Stelle zugetragen, als ich ihm das Mandat bereits erteilt hatte und davor zurückschreckte es ihm wieder zu entziehen, denn immerhin hatte der einst gute Ruf der Kanzlei offenbar dafür gesorgt, dass ein recht schneller Termin für meine Sache am Amtsgericht erwirkt worden war, in welcher es darum ging meinen Bruder, der Teile meines Hauses eingenommen hatte - wie einst Hitler Polen- nehmen Sie mich nicht ganz beim Wort: Kriegs-Panzer waren, bis auf seine Frau, keine mit dabei, in die Schranken zu weisen.
Immerhin, dachte ich mir, war ich auf eine echte literarische Figur bei ihm gestoßen. Ebenizer Scrooge,

keine Frage. So geizig mit seiner Zeit, seinen Antworten und seiner geschätzten Aufnahmefähigkeit. Als er schließlich betonte, dass er und seine Kinder bald in den Urlaub führen, und dieser Urlaubs-Termin mit dem Gerichtstermin zusammenfiele, weswegen ein Kollege mich begleiten würde, bedauerte ich ganz automatisch die Kinder dieses Menschen, der, so stellte ich es mir vor, bei seinen Kindern ebenso mit Lob geizen würde wie bei seiner Frau mit Sperma. Es machte mir nichts aus, dass nicht er, sondern nunmehr sein Kollege mich begleiten sollte. Wer weiß, möglicherweise das Gegenteil des Bleichen? Ich hatte noch nicht nachgeschaut. „Soll ich ihm dann sagen worum es geht, oder....? Meine Frage konnte ich nicht zu Ende stellen, denn schon brüllte er ins Telefon: „Das werde natürlich ICH tun. ICH. ICH. ICH." Staccato. Jetzt bedauerte ich die Kinder und die Frau noch ein bisschen mehr. „Wenn alle Mandanten mich so löcherten, wäre ich schon insolvent. INSOLVENT. INSOLVENT!" Wenn der Mann so weitermacht, dachte ich, mittlerweile doch etwas besorgt, wird er weder seinen Urlaub erleben noch kann mein Prozess gewonnen werden. Und ich dachte immer Juristen seien sachlich. Um ihn nicht weiter zu verärgern, verkniff ich mir jeden Hinweis einen Kardiologen oder wahlweise sogar besser noch einen Neurologen aufzusuchen und legte irritiert auf. Welch überaus unerfreuliches Gespräch.

Ich schüttelte mich. Noch immer glotzten mich seine Augen an; ich hatte die Seite mit der Internetpräsenz noch geöffnet. Ein Schaudern ergriff mich jetzt trotz des Schüttelns, welches eigentlich zumeist half. Doch schloss ich die Seite nicht gleich, sondern suchte, die Hoffnung bleibt uns bis zuletzt, nach dem Ersatz, der mindestens so gut wie der unvergleichliche Franz Kafka aussehen würde. Ich fand ihn. Er war zwar keine literarische Figur- nein, nicht einmal ein literarisch Schaffender. Dennoch. Jemand anderes als Ebenizer. Jemand, der mich ja unweigerlich, nach den lustlosen Worten des Bleichen, und irgendetwas musste ja an diesen dran sein- der Mann war ja immerhin Anwalt- zumindest mit seinen dunklen, schönen Augen still zum Gerichtstermin begleiten würde.

## WEIHNACHTSMÄNNER

Ich hatte mich über Weihnachten in ein ruhiges Hotel eingemietet um meine Abschiedsbriefe nochmal in Ruhe durchzugehen. Sie sollten, falls möglich, keine unnötigen Widersprüche oder gar zu offensichtliche orthographische Verfehlungen enthalten. Wenigstens in dieser Hinsicht wollte ich der Unperfektheit der Welt etwas entgegensetzen.

Die Formulierungen waren wichtig, sollten sie doch, wie ich fand, möglichst keine anklagenden Zwischentöne enthalten- mit Ausnahme des Briefes den ich an meinen Therapeuten richten wollte. Als einziger Profi in der Reihe derer die ich zurücklassen musste hätte er die Zeichen ebenso sicher deuten können wie ein erfahrener Sterndeuter- insbesondere deshalb weil er, wie ich fand, ohnehin wie einer aussah. Unter seinem weißen Haar, den hellen Brauen waren ihm, sobald meine Erzählungen ihm zu schwer wurden die Augen zugefallen. Aus Angst seine Aufmerksamkeit zu verlieren hatte ich schnell etwas Leichtes, etwas Verdaulicheres nachgeschoben etwas Heiteres, fast schon Verführerisches. Etwas, das meinen alten, müden Sternendeuter dazu bewog seinen Blick nicht mehr nach innen zu richten wie ein Medium, sondern sich wieder mir zuzuwenden.

Ja, ich habe getrickst. Ich habe meinen Zustand besser dargestellt als er war, doch zu meiner Verteidigung: Ich habe es ihm gesagt. Ich habe ihm von meinem

Trick erzählt und ihn darum gebeten nicht auf die vermeintliche Heiterkeit meiner Worte zu hören-sobald ich das Heitere jedoch, und sei es nur in jener kurzen Mahnung in ein trauriges Moll abgleiten ließ schloss er die Augen. Sah er mich noch? Hörte er mich? Sah er vielleicht tief in sich hinein und begriff in diesen Momenten die unfassbaren Zusammenhänge des gesamten Universums oder war er einfach nur von mir gelangweilt?

Von mir und den sich aneinanderreihenden Trauer-Geschichten so vieler Patienten?

Sollte er indes in jenen Momenten vielleicht eben doch die eben erwähnten Zusammenhänge des Universums gesehen haben: Es musste spannender, erhebender sein als die geballte Hoffnungslosigkeit jener unser aller traurigen Erzählungen.

Lebensbeichten, die ihm regelmäßig die Augenlider niederdrückten in der Art wie zuweilen Angehörige oder medizinisches Fachpersonal ihren Verstorbenen die Augenlider niederdrücken.

Dennoch kam mir höchstens einmal kurz in den Sinn ich könnte ihn tatsächlich langweilen. So ehrwürdig sah er aus so aufrichtig bemüht darum in seinem Beruf hilfreich zu erscheinen. Ich mochte ihn sehr.

Doch wann hat er diesmal die Augen verschlossen, die Ohren, alle Sinne? Medikamente hatte er mir diesmal keine verschrieben. Das Kontingent war wohl, so kurz vor Weihnachten, aufgebraucht. Oder aber er ahnte, dass auch diese nichts mehr bringen würden, sie meine Geschichte letztlich nun nicht mehr ernsthaft würden wenden können?

Begriff er denn nicht, dass ich meine Habseligkeiten verschenkt, meine Versicherungen gekündigt habe? Was daran verstand er nicht? Steht das nicht schon als Warnsignal im Handbuch für Psychologen?

Er schickte mich in den Tod, das musste ihm klar sein. „Wir sehen uns im Januar wieder!", bestimmte er dann und ich schwieg. Einen Januar würde es, sah er das denn nicht? - Für mich nicht mehr geben. Und nun saß ich in den letzten Tagen des Jahres in diesem Hotel in der Altstadt, las meine Abschiedsbriefe, prüfte den Giftcocktail, er hatte sich gut gelöst und sah einigermaßen homogen aus, so wie es sich eben gehörte. Ein vielversprechendes Zeichen.

Anschließend ordnete ich meinen Koffer. Bald sollte es soweit sein. Nur ein einziges Mal noch wollte ich die Stadt sehen und einige tiefe Züge der Winterluft nehmen, wollte in den weihnachtlich geschmückten Gassen dahinlaufen die niemals schöner sind als zu dieser Zeit des Jahres. Wenn es noch einmal schön ist, denke ich, dann kann man leichter gehen.

Der ohrenbetäubende Lärm der Münsterglocken- imstande Hund und Kirchenmaus zugleich rasch zu vertreiben - schien auf die Menschen in der Gegend einen gegenteiligen Effekt zu haben.

Hastig eilten sie auf den Vordereingang zu da mir nichts Besseres einfiel schloss ich mich der Traube der Menschen an. Sie steuerten allesamt auf etwas zu, was sich hinter dieser hölzernen und schweren Eingangstür befand. Ein letztes Mal wollte ich Teil von Etwas sein, wollte dazugehören. Ich war nicht wählerisch. Unter normalen Umständen wäre das mit einem katholischen Münster keine Option für mich gewesen. Doch nun kam es auf so etwas, auf einen konkreten Inhalt, wie ich fand, nicht mehr an. Ich arbeitete mich durch den schweren Samtvorhang der die Zugluft abhalten sollte und fand mich plötzlich inmitten des feierlichen Weihnachtsgottesdienstes wieder. „Passt ja", dachte ich zynisch gestimmt. „Die Selbstmörderin im Hause des Herrn". Kurz darauf jedoch verging mir das Denken gründlich. Einer der

Ministranten, die feierlich in das Münster einzogen, hatte es wohl besonders gut gemeint und eine so konzentrierte Dosis Weihrauch in meine Richtung geschwenkt, dass mein Denken sofort aussetzte. Nun war ich nur noch. Ich war Teil der Tausenden, Teil der Menschen die vor insgesamt drei riesenhaften und geschmückten Tannenbäumen einhellig und durchaus einigermaßen harmonisch sangen: „Oh Du fröhliche, oh Du selige - Gnaden bringende Weihnachtszeit."

Ich schob es sofort auf den Zustand vorübergehender Unzurechenbarkeit ausgelöst durch das traumatische, giftige Etwas, welches in meinem Hotelzimmer auf mich wartete und sang mit. Neben mir weinte eine Frau. Andere lachten, strahlende Kinder trugen mit dem Ausdruck von Stolz und äußerster Wichtigkeit Kerzen. Ja. Und ich war Teil von etwas. Noch einmal war ich Teil von etwas.

Als der Gottesdienst vorbei war verschob ich meine Pläne auf den nächsten Tag und verstaute den Giftcocktail sicher im Hotel-Kühlschrank, wobei ich den gesamten Inhalt der Minibar ausräumen und neben den riesigen Fernseher stellen mussten. Hotel-Kühlschränke sind immer so furchtbar winzig. Heute war nun keine gute Nacht mehr um zu sterben.

Für was aber war diese Nacht nun gut? Ich war etwas ratlos und empfand die vergehende Zeit als unangemessen lang. Im Zimmer neben mir prügelte sich ein Liebespaar durch; ihre eher beängstigenden Lust-Angst- und Schmerzensschreie drangen auf den Gang hinaus. Kurz entschlossen plünderte ich die bereits ausgeräumte Mini-Bar.

Ich aß die Nuss-Mischung und die Schokolade, trank ein kleines Fläschchen des Rotweins welches mich in kurzer Zeit in einen erfreulich tiefen Schlaf begleitete. Die Schreie waren noch immer zu hören, doch in meinen Träumen wurden sie leiser, verbanden sich mit dem Gesang des Chores und wurden schließlich von diesem übertönt.

Am ersten Weihnachtstag wachte ich mit schwerem Kopf und dem Erstaunen darüber auf, dass ich noch lebte. Andererseits stand ja auch noch der Brief an meinen Therapeuten aus. Zuvor jedoch wollte ich frühstücken. Ein Kaffee würde meinen Kopf wieder ein wenig klären denn mit klarem Kopf wollte ich scheiden. Aus dem Nachbarzimmer klangen noch immer – oder wieder – die lauten Schreie der malträtierten Frau. Ich stellte mir vor wie diese Schreie meinem Therapeuten die alten Augendeckel hätten so schwer werden lassen. Was waren das für Liebende? Wie konnten ihr, wie konnten ihm ihre Schmerzen Freude bereiten? War ich verbohrt? Oder einfach nur eingeschränkt durch das, was mich so umtrieb. Vielleicht war es bei seelischen Schmerzen anders als bei körperlichen.

Da ich zumeist seelische Schmerzen habe, bereiten mir wiederum körperliche eine unverhältnismäßig große Angst.

Seelische Schmerzen nämlich, die machen wahrlich keine Freude. Sie drücken einem Kopf und Lunge zusammen, würgen einem den Hals und – ach- es bringt nichts das beschreiben zu wollen.

Bevor ich das Zimmer verließ brachte ich das Zeichen mit: „Bitte nicht stören!" an.

Ein Ausrufezeichen verlieh der Aufforderung in seiner Dominanz Nachdruck.

Das Zimmermädchen durfte meinen Cocktail nicht finden. Dann, wie unter Watte, mit schwerem Kopf, nahm ich die Treppen bis ins Speisezimmer, welches sich im untersten Stockwerk befand. Ich betrat den Speisesaal. Er war noch fast leer. Fein und unberührt standen Teller und Tassen längst alle bereit. Da es Weihnachten war, lag für jeden einzelnen Gast ein kleiner Lebkuchenmann auf dem Teller, kaum größer als eine Männerhand.

Ich setzte mich langsam, morgens bin ich nun immer so langsam, ließ mir den Kaffee einschenken, wickelte den kleinen Lebkuchenmann vorsichtig in eine weiße Serviette und hielt ihn fest. Hielt mich an ihm fest.
Draußen läuteten erneut die Münsterglocken.
Ihre gewaltige Lautstärke drang in den geschlossenen Raum. Beinahe kam es mir so vor als ließe der Schall die Teller erzittern.
Vermutlich waren dies jedoch nur meine Nerven. Mit ihnen stand es in letzter Zeit nicht zum Besten.
Nun betraten, nacheinander, auch die anderen Gäste den Saal.
Noch immer hielt ich meinen kleinen, freundlich aussehenden Lebkuchenmann, meinen rundlichen, weiß verpackten Weihnachtsmann fest.
Täuschte ich mich, oder war er noch immer etwas warm?
Nein, ich täuschte mich nicht.
Und nein, ich wollte nicht in mein Zimmer hinaufgehen Noch nicht. Etwas sperrte sich in mir Briefe an meinen Therapeuten oder sonst jemanden wollte ich mittler-weile weder schreiben noch korrigieren.

Das war alles nicht mehr wichtig. Und was würde es ändern? Mit meinem kleinen Lebkuchenmann und ohne Mantel folgte ich erneut den Glocken.

Künstlerin: Klára Sedlo

*Der aufgehende Stern an Prags Künstlerhimmel.*

In ihrem Atelier.

Bei einem Interview über ihre Kunst.

Für mich ist Klára Sedlo eine der originellsten, und inspirierensten Künstlerinnen der heutigen Zeit. Es ist mir eine große Ehre, mit ihr zusammen zu arbeiten.

Studium der *Literaturwissenschaften, Psychologie, Kognitionswissenschaften* und *Philosophie* in Freiburg, Zürich, Karlsruhe und Konstanz. Abschluss in Pädagogischer Psychologie mit Literatur-Didaktik, Promotion in Freiburg.
Redaktionsmitglied der Literaturzeitschrift *WANDLER*
Mitglied der *Konstanzer Autorengruppe „Literarisches Café"* und des *Steinbachensembles* (Baden Baden)
*Veröffentlichung mehrerer Kurzgeschichten* sowie Lyrik und Auszüge längerer Erzählungen in unterschiedlichen Literatur-Zeitschriften in Deutschland, Österreich und der Schweiz (Wandler, cet, Am Zeitstrand, decision, Anthologien wie die Bibliothek deutschsprachiger Gedichte,
Hörbücher (In den Schuhen der Welt, Nachtflüge)
Print- & Online-Veröffentlichungen, Print-On-Demand.
*Autorengruppen in sozialen Netzwerken mit Veröffentlichungen*


*Veröffentlichung mehrerer Rezensionen* (Print- und Online), Bibliothek deutschsprachiger Gedichte, Slam-Poetries, zahlreiche Autorengruppen und Literatur-Blogs.
REIHE: BIBLIOTHERAPIE / B. SCHULZE STIFTUNG

---

Claudia J. Schulze

# Glückspillen reloaded

ERZÄHLUNGEN

Claudia J. Schulze

*In den Schuhen der Welt*

Nihil certum est

Claudia J. Schulze

# Dame mit Hündchen

Erzählungen

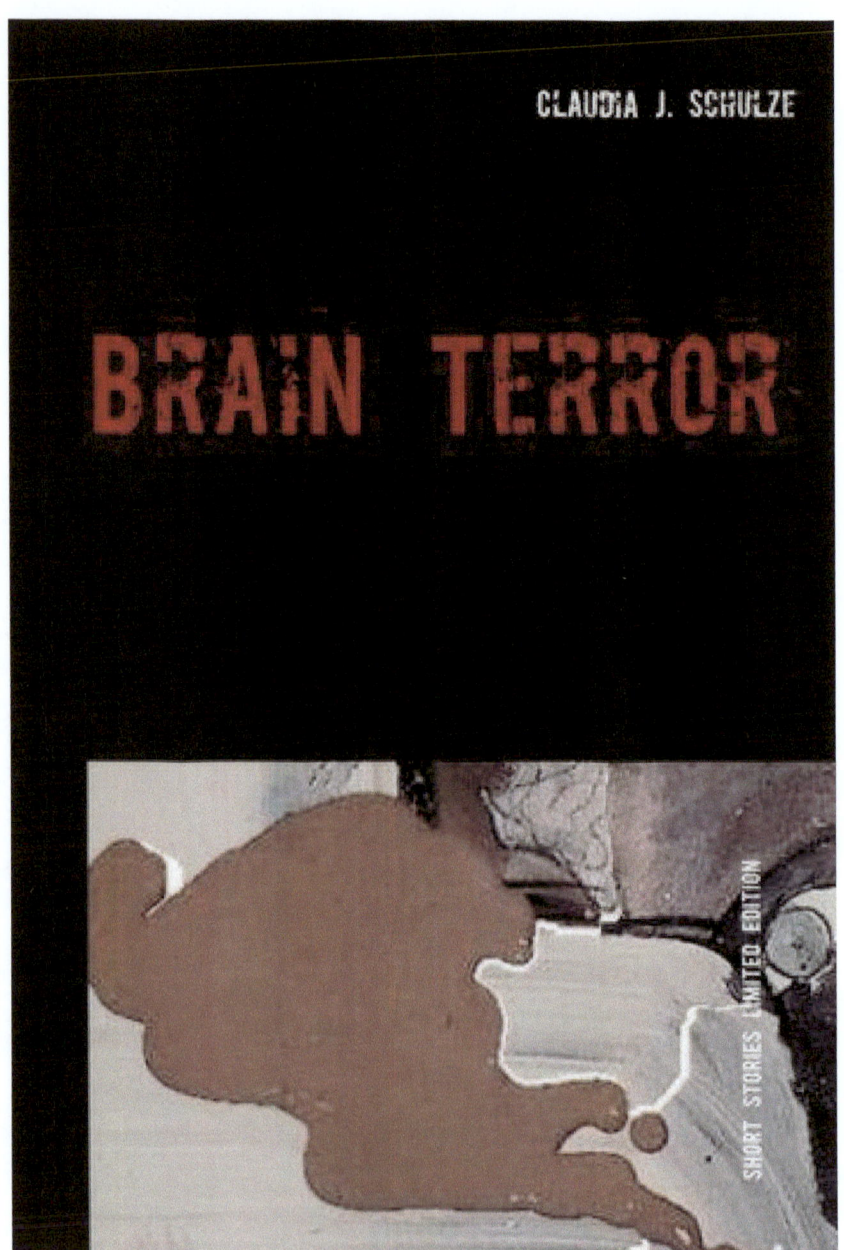